Classiques & Contemporains

Les grands Contemporains
présentent

Didier Daeninckx
présente

21 récits policiers

Présentation, notes, questions et après-texte établis par

Josiane Grinfas
professeur de Lettres

MAGNARD

Sommaire

Textes

Roman noir, série noire

Le roman policier : regards sur l'histoire et la société

Après-texte

Pour comprendre

La reine de la nuit

Alors que je préfère les chiens, j'ai découvert la passion du roman policier grâce à un chat noir dessiné sur la tranche des livres bon marché. Yeux grands ouverts, queue dressée, poils hérissés, il prévenait le lecteur que la nuit risquait d'être longue et secouée de frissons. J'ai fait connaissance des « maîtres du mystère » dans le désordre, en piochant dans la bibliothèque du père d'un ami de collège qui habitait le même bâtiment que moi, dans une cité de la banlieue nord. Le premier personnage que j'ai suivi page à page s'appelait Arsène Lupin, un gentleman cambrioleur champion du déguisement dont la tanière introuvable, l'Aiguille creuse, était un morceau de falaise battu par les flots impétueux, sur la côte normande. Puis mon regard a surfé sur les vagues pour se retrouver dans un bureau de Baker Street, à Londres, où un être doué d'une intelligence stupéfiante, Sherlock Holmes, parvenait à résoudre les crimes les plus obscurs grâce à son seul génie de la déduction. Tout autour de lui, ce n'était que mouvements de trains, de voitures, de silhouettes insaisissables enveloppées dans la brume humide des machines à vapeur. J'ai également beaucoup fréquenté Hercule Poirot, un enquêteur belge moustachu exilé en Angleterre, qui venait à bout d'énigmes particulièrement embrouillées par la seule action de ses *petites cellules grises*.

Quelques années plus tard, mon père m'a enfin permis de jeter un œil aux « séries noires » qu'il lisait jusqu'au bout de la nuit et qu'il enfermait à double tour dans l'armoire de la chambre. En ces temps presque sans télévision, c'est grâce à ces livres longtemps interdits que j'ai visité l'Amérique avec pour guides des dizaines d'enquêteurs pour qui la vérité, la justice, avaient plus d'importance que leur propre vie. Ils roulaient presque tous dans de grosses voitures aux chromes étincelants. Par les fenêtres on apercevait les trottoirs de New York, de Chicago, de Minneapolis, d'Atlanta, de San Francisco, peuplés de gens ordinaires au milieu desquels se cachaient des bandits prêts à tuer pour de solides raisons et non simplement pour fournir une intrigue à l'auteur. Ils se battaient pour conquérir l'amour, l'argent, le pouvoir, et la morale était leur dernier souci…

La lecture est souvent affaire de rencontre, d'amitié, et c'est un copain de lycée qui m'a mis en relation avec ces écrivains qui jouent, eux, à la limite du surnaturel, du fantastique comme Edgar Allan Poe ou Robert Louis Stevenson avec son personnage de *Dr Jekyll et M. Hyde*, dans lequel Bien et Mal sont inextricablement mêlés. Pourtant, c'est Georges Simenon, un romancier attentif aux mille détails de la vie ordinaire que je continue, après plus d'un demi-siècle de noires lectures, à placer au plus haut. Le commissaire Maigret, l'enquêteur trop humain qu'il fait vivre dans des dizaines de romans, n'exerce pas de vengeance : c'est un « peseur d'âmes », un « raccommodeur de destins ». Il ne traque pas le meurtrier, il l'oblige à se regarder dans le miroir de ses actes. Un miroir qui nous donne le vertige…

Pendant longtemps, il a été de bon ton de rabaisser le « roman policier », le « roman noir », le « polar », en oubliant que le premier texte du genre, *Double Assassinat dans la rue Morgue,* avait retenu l'attention du poète Charles Baudelaire qui l'avait traduit de l'américain dès 1856, et que c'est un autre poète, Jacques Prévert, qui baptisa la plus importante collection française du nom de « Série Noire ». Aujourd'hui, alors que partout sur la planète des écrivains choisissent de dire leur vision du monde en choisissant le roman criminel, les choses se sont inversées et on ne compte plus les critiques littéraires qui se terminent sur ces mots « Allez-y en toute confiance, ça se lit comme un polar » !

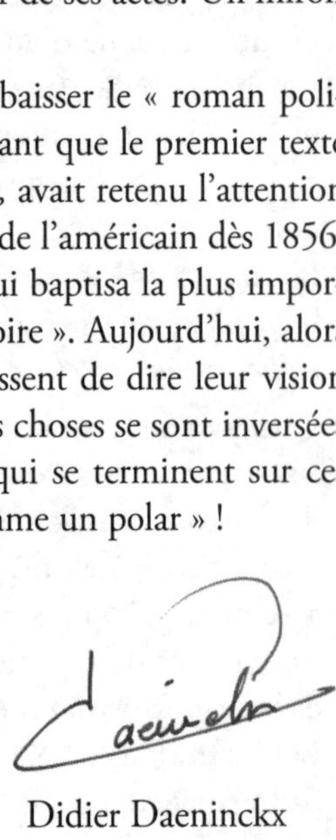

Didier Daeninckx

Didier Daeninckx
présente
21 récits policiers

Les précurseurs : naissance d'un genre

Edgar Poe (1809-1849)

La Lettre volée, 1844

Le narrateur et le chevalier Dupin reçoivent la visite désespérée de M.G..., préfet de police de Paris : ses investigations ne lui ont pas permis de retrouver un document très compromettant, volé dans les appartements royaux.

– Voyons, – dis-je, – racontez-nous les détails précis de votre recherche.

– Le fait est que nous avons pris notre temps, et que nous avons cherché *partout*. J'ai une vieille expérience de ces sortes d'affaires. Nous avons entrepris la maison de chambre en chambre ; nous avons consacré à chacune les nuits de toute une semaine. Nous avons d'abord examiné les meubles de chaque appartement. Nous avons ouvert tous les tiroirs possibles ; et je présume que vous n'ignorez pas que, pour un agent de police bien dressé, un tiroir *secret* est une chose qui n'existe pas. Tout homme qui, dans une perquisition de cette nature, permet à un tiroir secret de lui échapper, est une brute. La besogne est si facile ! Il y a dans chaque pièce une certaine quantité de volumes et de surfaces dont on peut se rendre compte. Nous avons pour cela des règles exactes. La cinquième partie d'une ligne ne peut pas nous échapper.

Après les chambres, nous avons pris les sièges. Les coussins ont été sondés avec ces longues et fines aiguilles que vous m'avez vu employer. Nous avons enlevé les dessus des tables.

– Et pourquoi ?

– Quelquefois le dessus d'une table ou de toute autre pièce d'ameublement analogue est enlevé par une personne qui désire cacher quelque chose ; elle creuse le pied de la table ; l'objet est déposé dans la cavité, et le dessus replacé. On se sert de la même manière des montants d'un lit.

– Mais ne pourrait-on pas deviner la cavité par l'auscultation ? – demandai-je.

– Pas le moins du monde, si, en déposant l'objet, on a eu soin de l'entourer d'une bourre de coton suffisante. D'ailleurs, dans notre cas, nous étions obligés de procéder sans bruit.

– Mais vous n'avez pas pu défaire, – vous n'avez pas pu démonter toutes les pièces d'ameublement dans lesquelles on aurait pu cacher un dépôt de la façon dont vous parlez. Une lettre peut être roulée en une spirale très mince, ressemblant beaucoup par sa forme et son volume à une grosse aiguille à tricoter, et être ainsi insérée dans un bâton de chaise, par exemple. Avez-vous démonté toutes les chaises ?

– Non, certainement, mais nous avons fait mieux, nous avons examiné les bâtons de toutes les chaises de l'hôtel, et même les jointures de toutes les pièces de l'ameublement, à l'aide d'un puissant microscope. S'il y avait eu la moindre trace d'un désordre récent, nous l'aurions infailliblement découvert à l'instant. Un seul grain de poussière causée par la vrille, par exemple, nous aurait sauté aux yeux comme une pomme. La moindre altération[1] dans la colle, – un simple bâillement dans les jointures aurait suffi pour nous révéler la cachette.

– Je présume que vous avez examiné les glaces entre la glace et le planchéiage, et que vous avez fouillé les lits et les courtines des lits, aussi bien que les rideaux et les tapis.

– Naturellement ; et, quand nous eûmes absolument passé en revue tous les articles de ce genre, nous avons examiné la maison elle-même.

---

1. Changement d'aspect.

Nous avons divisé la totalité de sa surface en compartiments, que nous avons numérotés, pour être sûrs de n'en omettre aucun ; nous avons fait de chaque pouce carré l'objet d'un nouvel examen au microscope, et nous y avons compris les deux maisons adjacentes[1].

– Les deux maisons adjacentes ! – m'écriai-je ; – vous avez dû vous donner bien du mal.

– Oui, ma foi ! mais la récompense offerte est énorme.

– Dans les maisons, comprenez-vous le sol ?

– Le sol est partout pavé en briques. Comparativement, cela ne nous a pas donné grand mal. Nous avons examiné la mousse entre les briques, elle était intacte.

– Vous avez sans doute visité les papiers de D…, et les livres de la bibliothèque.

– Certainement ; nous avons ouvert chaque paquet et chaque article ; nous n'avons pas seulement ouvert les livres, mais nous les avons parcourus feuillet par feuillet, ne nous contentant pas de les secouer simplement comme font plusieurs de nos officiers de police. Nous avons aussi mesuré l'épaisseur de chaque reliure avec la plus exacte minutie, et nous avons appliqué à chacune la curiosité jalouse du microscope. Si l'on avait récemment inséré quelque chose dans une des reliures, il eût été absolument impossible que le fait échappât à notre observation. Cinq ou six volumes qui sortaient des mains du relieur ont été soigneusement sondés longitudinalement avec les aiguilles.

– Vous avez exploré les parquets, sous les tapis.

– Sans doute. Nous avons enlevé chaque tapis, et nous avons examiné les planches au microscope.

1. Situées de chaque côté.

– Et les papiers des murs ?

– Aussi.

– Vous avez visité les caves ?

– Nous avons visité les caves.

– Ainsi, – dis-je, – vous avez fait fausse route, et la lettre n'est pas dans l'hôtel, comme vous le supposiez.

– Je crains que vous n'ayez raison, – dit le préfet. – Et vous maintenant, Dupin, que me conseillez-vous de faire ?

– Faire une perquisition complète.

– C'est absolument inutile ! répliqua G… Aussi sûr que je vis, la lettre n'est pas dans l'hôtel !

– Je n'ai pas de meilleur conseil à vous donner, – dit Dupin. – Vous avez, sans doute, un signalement exact de la lettre.

– Oh ! oui ! – Et ici, le préfet, tirant un agenda, se mit à nous lire à haute voix une description minutieuse du document perdu, de son aspect intérieur, et spécialement de l'extérieur. Peu de temps après avoir fini la lecture de cette description, cet excellent homme prit congé de nous, plus accablé et l'esprit plus complètement découragé que je ne l'avais vu jusqu'alors.

Environ un mois après, il nous fit une seconde visite, et nous trouva occupés à peu près de la même façon. Il prit une pipe et un siège, et causa de choses et d'autres. À la longue, je lui dis :

– Eh bien, mais, G…, et votre lettre volée ? Je présume qu'à la fin vous vous êtes résigné à comprendre que ce n'est pas une petite besogne que d'enfoncer le ministre ?

– Que le diable l'emporte ! – J'ai pourtant recommencé cette perquisition, comme Dupin me l'avait conseillé ; mais, comme je m'en doutais, ç'a été peine perdue.

– De combien est la récompense offerte ? vous nous avez dit… demanda Dupin.

– Mais… elle est très forte… une récompense vraiment magnifique, – je ne veux pas vous dire au juste combien ; mais une chose que je vous dirai, c'est que je m'engagerais bien à payer de ma bourse cinquante mille francs à celui qui pourrait me trouver cette lettre. Le fait est que la chose devient de jour en jour plus urgente, et la récompense a été doublée tout récemment. Mais, en vérité, on la triplerait, que je ne pourrais faire mon devoir mieux que je l'ai fait.

– Mais… oui… – dit Dupin en traînant ses paroles au milieu des bouffées de sa pipe, – je crois… réellement, G…, que vous n'avez pas fait… tout votre possible… vous n'êtes pas allé au fond de la question. Vous pourriez faire… un peu plus, je pense du moins, hein ?

– Comment ? dans quel sens ?

– Mais… (une bouffée de fumée) vous pourriez… (bouffée sur bouffée) – prendre conseil en cette matière, hein ? – (Trois bouffées de fumée.) – Vous rappelez-vous l'histoire qu'on raconte d'Abernethy ?

– Non ! au diable votre Abernethy !

– Assurément ! au diable, si cela vous amuse ! – Or donc, une fois, un certain riche, fort avare, conçut le dessein de soutirer à Abernethy une consultation médicale. Dans ce but, il entama avec lui, au milieu d'une société, une conversation ordinaire, à travers laquelle il insinua au médecin son propre cas, comme celui d'un individu imaginaire.

– Nous supposerons, – dit l'avare, – que les symptômes sont tels et tels ; maintenant, docteur, que lui conseilleriez-vous de prendre ?

– Que prendre ? dit Abernethy, mais prendre conseil, à coup sûr.

– Mais, – dit le préfet, un peu décontenancé, – je suis tout disposé à prendre conseil, et à payer pour cela. Je donnerais *vraiment* cinquante mille francs à quiconque me tirerait d'affaire.

– Dans ce cas, – répliqua Dupin, ouvrant un tiroir et en tirant un livre de mandats, – vous pouvez aussi bien me faire un bon pour la somme susdite. Quand vous l'aurez signé, je vous remettrai votre lettre.

Je fus stupéfié. Quant au préfet, il semblait absolument foudroyé. Pendant quelques minutes, il resta muet et immobile, regardant mon ami, la bouche béante, avec un air incrédule et des yeux qui semblaient lui sortir de la tête ; enfin, il parut revenir un peu à lui, il saisit une plume, et, après quelques hésitations, le regard ébahi et vide, il remplit et signa un bon de cinquante mille francs, et le tendit à Dupin par-dessus la table. Ce dernier l'examina soigneusement et le serra dans son portefeuille ; puis, ouvrant un pupitre, il en tira une lettre et la donna au préfet. Notre fonctionnaire l'agrippa dans une parfaite agonie de joie, l'ouvrit d'une main tremblante, jeta un coup d'œil sur son contenu, puis, attrapant précipitamment la porte, se rua sans plus de cérémonie hors de la chambre et de la maison, sans avoir prononcé une syllabe depuis le moment où Dupin l'avait prié de remplir le mandat.

Traduction de Charles Baudelaire.
Dans *Quatre histoires extraordinaires*,
collection « Classiques & Patrimoine », n° 25, Magnard.

Charles Barbara (1817-1866)

L'Assassinat du Pont-Rouge, 1855

Premier roman policier français, L'Assassinat du Pont-Rouge *a pour personnage principal Clément, que la misère et l'incrédulité ont poussé au crime. Dans cet extrait, il livre des aveux complets.*

« Cependant, que se passait-il dans ma tête ? Il doit se passer quelque chose de semblable dans celle d'un général au plus fort de la bataille. Malgré un froid pénétrant, mon corps brûlait, mon cerveau était en ébullition. Les idées y affluaient avec une impétuosité inconcevable. C'était comme vingt éclairs qui se croisent en même temps sur un ciel noir. Je pensai tout ceci en quelque sorte à la fois : "Thillard est un scélérat[1] ; il fuit, il est chargé d'or ; nul ne sait qu'il est chez moi. J'ai un poison qui ne laisse aucune trace ; lui-même m'offre le moyen de le lui administrer ; le quartier est désert, le brouillard impénétrable, la Seine haute ; Rosalie est à ma discrétion ; l'impunité est certaine, etc., etc."

« Jamais je n'eusse cru mon entendement capable d'une opération aussi complexe. J'allai jusqu'à penser qu'il y avait une Providence, que cette Providence[2] était ma complice, qu'elle se servait de ma main pour châtier un criminel, que j'accomplissais un devoir, une mission même. Bien qu'en proie à la fièvre, je rentrai maître de moi. J'appelai Rosalie dans la pièce du devant et lui dis à voix basse, rapidement, d'un accent saccadé : "Ne t'émeus de rien ; du sang-froid, de l'audace ; obéis-moi en tout ; il n'y a rien à craindre ; notre fortune est faite." Je m'aperçus, à son frisson et à son serrement de main, qu'elle m'avait deviné.

---

1. Voleur, criminel.
2. Protection divine.

« À la lumière, dans la chambre du fond, je m'assurai que, pour être pâle comme une morte et tremblante, elle n'était pas moins résolue que moi. Thillard se plaignait toujours de la soif. Plein de sécurité, il faisait face au feu de la cheminée et nous tournait le dos. Pendant que, derrière lui, je préparais le vin sur la table, il me dit en bâillant : "Vous connaissez madame de Tranchant pour avoir été vingt fois chez elle de ma part. J'ai couru tout ce jour après elle sans parvenir à la joindre. Je ne puis différer mon départ un moment de plus : je dois être à Londres dans le plus bref délai. J'ai là une lettre et un paquet que je vous prierai de lui remettre sans retard en mains propres. La chose est tellement urgente et délicate que je n'ai cru pouvoir la confier qu'à vous. Il est bien entendu que, quoi qu'il arrive, vous ne devez pas m'avoir vu. Je crois avoir le droit de compter sur votre discrétion. Je ne partirai pas, au reste, sans vous prouver que je ne marchande pas les services qu'on me rend."

« Je ne l'entendais que vaguement, et je ne songeais guère à lui répondre. La préparation du vin m'absorbait entièrement. Après y avoir fait dissoudre le sucre et y avoir ajouté des rouelles de citron, j'y glissai quelques grains d'opium. Je versai le tout dans une bouilloire et l'approchai du feu. Le liquide ne tarda pas à s'échauffer. Thillard s'impatientait. Je lui présentai un verre du breuvage. À peine fut-il d'une chaleur supportable qu'il l'avala d'un trait. Il m'en demanda aussitôt un second. En moins de quelques minutes, il but ainsi trois verres pleins. L'effet du narcotique[1] fut rapide. Thillard, déjà harassé[2], fut saisi d'un besoin irrésistible de sommeil. Il se leva. "C'est singulier, fit-il, mes paupières se ferment malgré moi." "Si vous voulez faire un somme sur le lit ?" lui dis-je d'une voix ferme. Il hésita : la saleté du lit lui causait de la

1. Drogue. 2. Épuisé.

répugnance. Mais la lassitude triompha bientôt de sa délicatesse. "Au moins," dit-il en bâillant et en se frottant les yeux, "n'oubliez pas, coûte que coûte, de m'éveiller dans deux heures d'ici. Pour rien au monde je ne voudrais manquer la voiture. Vous m'accompagnerez."

« Rosalie, dont j'entendais les dents claquer, arrangea le lit de son mieux. Thillard le recouvrit encore de son manteau et s'y étendit pour dormir tout de suite d'un lourd sommeil. Des aiguilles dans sa chair ne l'auraient certainement pas éveillé. Je saisis mon autre fiole, celle où était le poison, j'en brisai le goulot, puis la serrai dans ma main gauche, en appuyant fermement le pouce sur l'ouverture. Rosalie, changée en pierre, me regardait sans comprendre. Je m'approchai de Thillard. Des doigts de ma main libre je lui pinçai doucement les narines et le contraignis peu à peu d'ouvrir la bouche. Dès qu'elle fut béante, je lui versai l'acide dans la gorge. Il avala le contenu de la fiole d'une seule aspiration. En même temps, je me reculai de quelques pas.

« Le poison agit avec une promptitude[1] foudroyante. Ce fut d'abord une violente secousse de tout le corps, puis des mouvements convulsifs effrayants. Il entrouvrit les yeux, agita ses lèvres ; mais il ne proféra pas un son. Je redoutais des vomissements : il n'y en eut point. Quatre ou cinq minutes après, il ne remuait déjà plus. Je m'approchai. Il était sans pouls et sans respiration ; une sueur visqueuse lui couvrait la peau ; les muscles de la face étaient affaissés. Je le croyais déjà mort, quand il s'agita de nouveau convulsivement. Mais c'étaient les derniers efforts de son agonie. La rigidité des membres m'avertit bientôt qu'il n'était plus réellement qu'un cadavre.

« Avec une terreur combattue par la cupidité[2], je songeai alors à inventorier la personne de Thillard. Je m'imaginai, je ne sais pourquoi,

1. Rapidité. **2.** L'envie.

que l'argent était dans sa valise. En cherchant la clef de cette valise dans l'un de ses goussets, je mis la main sur une superbe montre et sur un porte-monnaie plein d'or. Je laissai la montre en place et me bornai à soustraire quelques pièces d'or du porte-monnaie. Je procédai à l'inspection de la valise : à mon grand désappointement, elle ne renfermait que du linge. Je dis à Rosalie de la remettre dans l'état où elle était d'abord. Pendant ce temps, j'explorai scrupuleusement les autres poches de ma victime. Celles de côté du par-dessus ne contenaient qu'un passeport et des lettres, au nombre desquelles je trouvai celle à madame de Tranchant et le paquet à l'adresse de cette même femme. Je remis le tout dans la poche, à l'exception de ces deux dernières pièces, dont je voulais prendre connaissance. Il me parut prudent de m'approprier une partie de la monnaie blanche qui garnissait les poches du pantalon. En attendant, je ne trouvais toujours pas ce que je cherchais. Mais, au moment même où je commençais à être effrayé du peu de valeur de mes trouvailles, je sentis sous mes doigts, dans la poche de côté du vêtement de dessous, un portefeuille bourré de papiers.

« En guise de rideaux, devant l'ouverture oblongue[1] par où nous venait la lumière, nous avions coutume, le soir, d'appendre[2] une partie de nos haillons. Mon premier souci fut de tourner les yeux vers cette sorte de fenêtre et de me convaincre qu'on ne pouvait pas nous apercevoir du dehors. Je posai ensuite le portefeuille sur la table, j'en approchai la chandelle dont j'écartelai la mèche pour y mieux voir, puis je m'assis. Rosalie vint s'asseoir à côté de moi. Je fis une pause. J'en profitai pour mettre Rosalie en garde contre une émotion trop vive, précaution dont moi-même j'avais grand besoin. J'ouvris le portefeuille.

---

1. De forme allongée.
2. Accrocher.

À la première chose que j'en tirai, nous suffoquâmes de joie, ou mieux, nous faillîmes mourir sur le coup ; car cette première chose se trouva être une liasse de billets de banque. "Ah ! enfin ! ah ! enfin !" répétâmes-nous pendant dix minutes, d'une voix entrecoupée.

« Bientôt plus calmes nous nous donnâmes la jouissance de compter les billets un à un. Nous n'en finissions pas : il y en avait trois cents, TROIS CENT MILLE FRANCS !… Rosalie était d'avis de tout garder. Cela ne cadrait point avec mes combinaisons. À l'immense convoitise qui m'envahissait se mêlait une certaine prudence. Des trois cents billets, j'en détachai cent que je serrai précieusement dans le portefeuille, lequel portefeuille je replaçai non moins précieusement dans la poche d'où je l'avais tiré. Je bouclai ensuite la valise…

« Mais qu'allons-nous en faire ? » me dit tout à coup Rosalie qui, un moment, avait oublié Thillard. « Sois calme, lui répondis-je. Occupe-toi seulement à mettre en sûreté ces billets dans la doublure de ta robe ou de tes jupons… »

« Dans la préméditation[1] du crime, toutes les circonstances qui me favorisaient m'avaient frappé d'un seul coup, et bien avant même de faire un cadavre de l'agent de change[2], j'avais entrevu combien il me serait facile de m'en débarrasser. Au préalable, je sortis pour tâter les lieux. Le brouillard ne discontinuait pas d'étendre aux alentours son voile impénétrable. J'étais à deux pas du Pont-Rouge. De borne en borne, je me glissai jusqu'à la Seine. J'écoutai. Le silence n'était pas moins profond que les ténèbres n'étaient épaisses. L'eau seule, dans sa course, bruissait et chantait sa psalmodie[3] monotone et sinistre…

1. Préparation.
2. Personne chargée de certaines transactions financières.
3. Chant.

« De retour à la maison, après m'être déchaussé, car j'étais résolu à sortir pieds nus, j'enveloppai Thillard et sa valise dans les plis de son manteau. Déjà d'une force herculéenne, surexcité en outre au point d'ébranler une montagne, je soulevai l'agent de change dans mes bras comme j'eusse fait d'un mannequin d'osier. Sur mon ordre, Rosalie éteignit la lumière et alla m'ouvrir la porte...

« Chargé de mon fardeau, je marchai à pas de loup, lentement, sûrement vers le pont. Je sentais la sueur ruisseler sur mon visage. Pour surcroît de terreur, je fus à peine engagé sur la passerelle, que les oscillations du tablier[1] me firent croire que des gens venaient à ma rencontre. Une telle sensation n'est pas exprimable. Je pensai retourner sur mes pas... Dans ma courte halte, le pont cessa de vaciller. Retenant mon souffle, j'avançai alors doucement, mais si doucement, que le pont n'oscillait plus ; je parvins ainsi jusqu'à l'endroit où le pied de la balustrade est tangent à la courbe des chaînes en fer. Là, je m'arrêtai ; puis, je prêtai l'oreille. Des fantômes dansaient dans mes yeux ; une harmonie infernale emplissait ma tête. Il me tardait d'avoir fini. J'élevai le corps à hauteur d'homme, je le tins suspendu quelques secondes au-dessus du fleuve, puis je l'y laissai choir. Un bruit sourd retentit ; des éclaboussures jaillirent à droite, à gauche, en avant, en arrière. Ce fut tout. En même temps, je devenais un autre homme. Je sentais renaître en moi une assurance imperturbable ; ma poitrine n'était déjà plus assez large pour contenir la volupté qui l'envahissait ; je me considérais intérieurement avec orgueil, et, croisant les bras, je regardais le ciel noir d'un air de défi et de dédain suprême.

Collection « Classiques & Contemporains », n° 112, Magnard.

---

1. Structure porteuse d'un pont.

Émile Gaboriau (1832-1873)

L'Affaire Lerouge, 1866

L'affaire porte le nom de la victime, une veuve sauvagement assassinée. L'enquête, menée en partie par le père Tabaret, un détective amateur, est difficile parce qu'elle implique un aristocrate : le comte de Commarin.

C'était le comte de Commarin, son ombre plutôt. Sa tête qu'il portait si haut penchait sur sa poitrine, sa taille s'était affaissée, ses yeux n'avaient plus leur flamme, ses belles mains tremblaient. Le désordre violent de sa toilette[1] rendait plus frappant encore le changement qu'il avait subi. En une nuit, il avait vieilli de vingt ans.

Ces vieillards robustes ressemblent à ces grands arbres dont le bois intérieurement s'est émietté et qui ne vivent plus que par l'écorce. Ils paraissent inébranlables, ils semblent défier le temps, un vent d'orage les jette à terre. Cet homme, hier encore si fier de n'avoir jamais plié, était brisé. L'orgueil de son nom constituait toute sa force ; humilié, il se sentait anéanti. En lui tout s'était déchiré à la fois, tous les appuis lui avaient manqué en même temps. Son regard sans chaleur et sans vie disait la morne stupeur de sa pensée. Il présentait si bien l'image la plus achevée du désespoir, que le juge d'instruction[2], à sa vue, éprouva comme un frisson. Le père Tabaret eut un mouvement d'épouvante, le greffier lui-même fut ému.

– Constant, dit M. Daburon vivement, allez donc avec M. Tabaret chercher des nouvelles à la Préfecture.

Le greffier sortit, suivi du bonhomme, qui s'éloignait bien à regret.

1. Tenue.
2. Celui qui analyse les éléments à charge et à décharge d'un suspect.

Le comte ne s'était pas aperçu de leur présence, il ne remarqua pas leur sortie.

M. Daburon lui avança un siège ; il s'assit.

– Je me sens si faible, dit-il, que je ne saurais rester debout.

Il s'excusait, lui, près d'un petit magistrat !

C'est que nous ne sommes plus précisément au temps si regrettable où la noblesse se croyait bien au-dessus de la loi, et s'y trouvait en effet. Elle est loin, l'année où la duchesse de Bouillon[1] faisait la nique à messieurs du parlement, où les hautes et nobles empoisonneuses du règne de Louis XIV traitaient avec le dernier mépris les conseillers de la Chambre ardente ! Tout le monde respecte la justice aujourd'hui, et la craint un peu, même quand elle n'est représentée que par un simple et consciencieux juge d'instruction.

– Vous êtes peut-être bien indisposé, monsieur le comte, dit le juge, pour me donner des éclaircissements que j'espérais de vous.

– Je me sens mieux, répondit M. de Commarin, je vous remercie. Je suis aussi bien que je puis l'être après le coup terrible. En apprenant de quel crime est accusé mon fils et son arrestation, j'ai été foudroyé. Je me croyais fort, j'ai roulé dans la poussière. Mes domestiques m'ont cru mort. Que ne le suis-je, en effet ! La vigueur de ma constitution m'a sauvé, à ce que dit mon médecin, mais je crois que Dieu veut que je vive pour que je boive jusqu'à la lie[2] le calice des humiliations.

Il s'interrompit ; un flot de sang qui remontait à sa gorge l'étouffait. Le juge d'instruction se tenait debout près de son bureau, n'osant se permettre un mouvement.

1. La duchesse de Bouillon (1649-1714), protectrice de La Fontaine, fut compromise dans l'affaire des poisons. Cette affaire inquiéta tant Louis XIV qu'en avril 1679 il mit en place une cour de justice extraordinaire, que l'on appela « Chambre ardente », car éclairée par des flambeaux.
2. Endurer une épreuve jusqu'au bout (figuré).

Après quelques instants de repos, le comte éprouva un soulagement, car il continua :

– Malheureux que je suis ! ne devais-je pas m'attendre à tout cela ? Est-ce que tout ne se découvre pas, tôt ou tard ! Je suis châtié[1] par où j'ai péché, par l'orgueil. Je me suis cru au-dessus de la foudre et j'ai attiré l'orage sur ma maison. Albert, un assassin ! un vicomte de Commarin à la cour d'assises ! Ah ! monsieur, punissez-moi aussi, car seul j'ai préparé le crime autrefois. Avec moi, quinze siècles de la gloire la plus pure s'éteignent dans l'ignominie[2].

M. Daburon jugeait impardonnable la conduite du comte de Commarin : aussi s'était-il formellement promis de ne pas lui ménager le blâme.

Il pensait voir arriver un grand seigneur hautain, presque intraitable, et il s'était juré de faire tomber toute sa morgue[3].

Peut-être le plébéien[4] traité de si haut jadis par la marquise d'Arlange gardait-il, sans s'en douter, un grain de rancune contre l'aristocratie.

Il avait vaguement préparé certaine allocution un peu plus que sévère qui ne pouvait manquer d'atterrer[5] le vieux gentilhomme et de le faire rentrer en lui-même.

Mais voilà qu'il se trouvait en présence d'un si immense repentir, que son indignation se changeait en pitié profonde, et qu'il se demandait comment adoucir cette douleur.

– Écrivez, monsieur, poursuivait le comte avec une exaltation dont on ne l'eût pas cru capable dix minutes plus tôt, écrivez mes aveux sans y retrancher rien. Je n'ai plus besoin de grâce ni de ménagements.

---

1. Puni.
2. La honte.
3. Attitude méprisante.
4. L'homme du peuple.
5. Accabler.

Que puis-je craindre désormais ? La honte n'est-elle pas publique ! Ne faudra-t-il pas dans quelques jours que moi, le comte Rhéteau de Commarin, je paraisse devant le tribunal pour proclamer l'infamie de notre maison ! Ah ! tout est perdu, maintenant, même l'honneur ! Écrivez, monsieur, ma volonté est que tout le monde sache que je fus le premier coupable. Mais on saura aussi que déjà la punition avait été terrible, et qu'il n'était pas besoin de cette dernière et mortelle épreuve.

Le comte s'arrêta pour rassembler et condenser ses souvenirs. Il reprit ensuite d'une voix plus ferme et qui trouvait ses vibrations à mesure qu'il parlait :

– À l'âge qu'a maintenant Albert, monsieur, mes parents me firent épouser, malgré mes supplications, la plus noble et la plus pure des jeunes filles. Je l'ai rendue la plus infortunée des femmes. Je ne pouvais l'aimer. J'éprouvais alors la plus vive passion pour une maîtresse qui s'était donnée à moi sage et que j'avais depuis plusieurs années. Je la trouvais adorable de beauté, de candeur et d'esprit. Elle se nommait Valérie. Tout est mort en moi, monsieur ; eh bien ! ce nom, quand je le prononce, me remue encore. Malgré mon mariage, je ne pus me résigner à rompre avec elle. Je dois dire qu'elle le voulait. L'idée d'un partage honteux la révoltait. Sans doute elle m'aimait alors. Nos relations continuèrent. Ma femme et ma maîtresse devinrent mères presque en même temps. Cette coïncidence éveilla en moi l'idée funeste[1] de sacrifier mon fils légitime à mon bâtard. Je communiquai ce projet à Valérie. À ma grande surprise, elle le repoussa avec horreur. En elle déjà l'instinct de la maternité s'était éveillé, elle ne voulait pas se séparer de son enfant. J'ai conservé, comme un monument de ma folie, les lettres

1. Porteuse de mort.

qu'elle m'écrivait en ce temps ; je les relisais cette nuit même. Comment ne me suis-je rendu ni à ses raisons ni à ses prières ? C'est que j'étais frappé de vertige. Elle avait comme le pressentiment du malheur qui m'accable aujourd'hui. Mais je vins à Paris, mais j'avais sur elle un empire[1] absolu : je menaçai de la quitter, de ne jamais la revoir, elle céda. Un valet à moi et Claudine Lerouge furent chargés de cette coupable substitution. C'est donc le fils de ma maîtresse qui porte le titre de vicomte de Commarin et qu'on est venu arrêter il y a une heure.

M. Daburon n'espérait pas une déclaration si nette, ni surtout si prompte. Intérieurement il se réjouit pour le jeune avocat, dont les nobles sentiments avaient fait sa conquête.

– Ainsi, monsieur le comte, dit-il, vous reconnaissez que monsieur Noël Gerdy est né de votre légitime mariage et que seul il a le droit de porter votre nom ?

– Oui, monsieur.

1. Pouvoir.

Sir Arthur Conan Doyle (1859-1930)

Un scandale en Bohême, 1891

Cette aventure commence par les retrouvailles, à Baker Street, de Holmes et Watson, que le mariage de ce dernier a séparés.

Un soir – c'était le 20 mai 1888 – je rentrais d'une visite chez un malade (car j'étais revenu à la clientèle civile) quand mon chemin me fit passer par Baker Street[1]. En passant devant cette porte que je me rappellerai toujours, car, dans ma pensée, elle demeurera toujours associée au prélude de mon mariage et aux sombres incidents de l'*Étude en Rouge*[2], je fus pris d'un vif désir de revoir Holmes et de savoir de quelle manière il employait ses dons extraordinaires. Son logis était brillamment éclairé et même, en levant les yeux, je vis par deux fois son grand corps dégingandé se silhouetter au passage sur le rideau. Rapide, absorbé, il allait et venait dans la pièce, la tête inclinée vers sa poitrine, les mains jointes derrière le dos. Pour moi, qui connaissais toutes ses humeurs et ses habitudes, cette attitude et ce comportement étaient éloquents[3]. Il avait repris son travail. Sorti des rêves nés de la drogue, il était lancé avec ardeur sur un nouveau problème. Je tirai la sonnette et l'on me conduisit à l'appartement qui avait autrefois été le mien.

Sa réception ne fut pas trop chaleureuse. Elle l'était rarement ; mais il était, je le crois, content de me voir. Ce fut à peine s'il dit un mot, mais avec un regard bienveillant, il m'indiqua un fauteuil, me passa pardessus la table son étui à cigares et du doigt me montra dans le coin une

1. Adresse londonienne que Conan Doyle attribue à Sherlock Holmes et John Watson.
2. Première aventure, au cours de laquelle Watson et Holmes se sont rencontrés.
3. Parlants.

cave à liqueurs et une bouteille d'eau gazeuse. Après quoi il se planta devant le feu et me regarda de haut en bas, de cette façon pénétrante qui lui était propre.

– Le mariage vous réussit, remarqua-t-il. Je crois, Watson, que vous avez pris sept livres[1] et demie depuis que je ne vous ai pas vu.

– Sept, répondis-je.

– Vraiment ? j'aurais cru un peu plus. Juste un tout petit peu plus, je crois, Watson. Et vous refaites de la clientèle, à ce que je vois ? Vous ne m'aviez pas dit que vous aviez l'intention de reprendre le collier.

– Alors comment le savez-vous ?

– Je le vois. Je le déduis[2]. Comment puis-je savoir que vous avez été trempé il n'y a pas longtemps et que vous avez une servante à la fois très maladroite et peu soigneuse ?

– Mon cher Holmes, ça, c'est trop fort. On vous aurait sûrement brûlé, si vous aviez vécu il y a quelques siècles. Il est vrai que j'ai parcouru la campagne jeudi et que je suis rentré chez moi en piteux état ; mais comme j'ai changé de vêtements, je ne conçois pas d'où vous déduisez cela. Quant à Marie-Jeanne, elle est incorrigible et ma femme lui a donné congé ; mais là encore, je ne vois pas comment vous y arrivez.

Il rit doucement et frotta ses longues mains nerveuses.

– C'est la simplicité même ; mes yeux me disent que sur le côté intérieur de votre soulier gauche, juste là où le frappe la lumière de l'âtre, le cuir a été marqué de six égratignures, parallèles ou presque. De toute évidence c'est le fait de quelqu'un qui a gratté sans soin autour des bords de la semelle pour en détacher une croûte de boue. De là, vous le voyez, ma double déduction que vous êtes sorti par un très vilain temps, et

1. Demi-kilo

2. Je tire une conclusion à partir d'hypothèses.

que vous aviez, pour nettoyer vos chaussures, un spécimen particulièrement mauvais de la domesticité londonienne. Quant à votre clientèle, si un monsieur qui entre dans mon appartement sent l'iodoforme[1], s'il a une marque noire de nitrate d'argent[2] à l'index de la main droite, si une bosse d'un côté de son chapeau haut de forme révèle l'endroit où il cache son stéthoscope, il faudrait que je sois bien borné, en vérité, pour ne pas déclarer que c'est un membre actif de la profession médicale.

Je ne pus m'empêcher de rire devant l'aisance avec laquelle il expliquait la marche de ses déductions.

– Quand je vous entends exposer vos raisons, remarquai-je, la chose me semble toujours si ridiculement simple que je pourrais aisément en faire autant moi-même ; et pourtant à chaque nouvel exemple de votre raisonnement je reste déconcerté jusqu'à ce que vous expliquiez la façon dont vous l'avez déduit. Je crois cependant que mes yeux sont aussi bons que les vôtres !

– Très certainement, répondit-il tout en allumant une cigarette et en se laissant tomber dans un fauteuil. Vous voyez, mais vous n'observez pas. La distinction est claire. Par exemple, vous avez fréquemment vu les marches d'escalier qui montent du vestibule à cette pièce.

– Fréquemment.

– Combien de fois ?

– Eh bien ! quelques centaines de fois.

– Alors, combien y en a-t-il ?

– Combien ? Je ne sais pas.

– C'est bien cela ! Vous n'avez pas observé et cependant vous avez vu. Toute la question est là. Or je crois qu'il y a dix-sept marches parce

1. Antiseptique à base d'iode.
2. Acide cicatrisant.

que je les ai à la fois vues et observées. À propos, puisque vous prenez intérêt à ces menus problèmes et que vous êtes assez bon pour relater une ou deux de ces aventures sans portée, il se peut que vous vous intéressiez à ceci. (Il me lança une feuille de papier à lettres épais et rose qui se trouvait ouverte sur la table.) Ceci m'est venu par le dernier courrier. Lisez-le à haute voix.

La lettre n'était pas datée et ne portait ni signature ni adresse d'expéditeur. Elle disait :

« *On vous rendra visite ce soir à huit heures moins le quart. C'est un monsieur qui désire vous consulter sur une affaire de la plus haute importance. Les services que vous avez récemment rendus à l'une des maisons royales d'Europe ont montré que vous êtes un homme à qui on peut en toute sécurité confier des choses d'une importance qu'on ne saurait que difficilement s'exagérer. Ces renseignements à votre égard nous sont de différentes sources venus. Soyez donc chez vous à cette heure-là et ne prenez pas ombrage*[1] *du fait que votre visiteur sera masqué.* »

– Voilà, en vérité, un mystère... dis-je. Qu'imaginez-vous que cela signifie ?

– Je n'ai encore aucune donnée. C'est une erreur capitale que de bâtir des théories tant qu'on n'a pas de données. Insensiblement, on se met à torturer les faits pour les faire cadrer avec les théories, au lieu d'adapter les théories aux faits. Mais de la lettre elle-même, que déduisez-vous ?

J'examinai soigneusement l'écriture et le papier sur lequel on avait écrit.

1. Ne vous fâchez pas.

– L'homme qui a écrit ceci jouit probablement d'une belle aisance, remarquai-je. Un tel papier ne saurait coûter moins d'une demi-couronne le paquet. Il est tout particulièrement fort et solide.

– Particulièrement est bien le mot, dit Holmes. Ce n'est pas du tout du papier anglais. Regardez-le en transparence.

J'obéis et je vis, dans le corps du papier, un grand E avec un petit g, un grand P et un grand G suivis de deux petits t.

– Qu'y voyez-vous ? demanda Holmes.

– Le nom du fabricant, sans doute, ou plutôt son monogramme[1].

– Ce n'est pas tout. Le grand *G* avec le petit *t* signifie Gesellschaft, l'allemand pour « Compagnie ». C'est l'abréviation ordinaire équivalente à notre « Cie ». *P*, bien entendu, veut dire « Papier ». Et maintenant à l'*Eg*. Jetons un coup d'œil sur notre « Informateur continental ». (Il prit, sur un des rayons, un lourd volume brun.) Eglow-Eglonites, nous y voici : Egria. Ça se trouve dans un pays de langue allemande, en Bohême[2], non loin de Carlsbad. Notable parce qu'elle fut la scène de la mort de Wallenstein et aussi pour ses nombreuses verreries et papeteries. Ah ! ah ! mon cher, qu'en dites-vous ?

Ses yeux étincelaient et il tira de sa cigarette un gros nuage, triomphal et bleu.

– Ce papier, dis-je, a été fabriqué en Bohême.

– Précisément. Et l'homme qui a écrit la lettre est un Allemand. Observez-vous la construction particulière de la phrase : « Ces renseignements à votre égard nous sont de différentes sources venus » ? Un Français ou un Russe n'aurait pu écrire cela. C'est l'Allemand qui est si peu courtois envers ses verbes. Il nous reste donc à savoir ce que veut

1. L'initiale qui le représente.
2. Province de l'ancienne Autriche-Hongrie.

cet Allemand qui écrit sur du papier de Bohême et qui aime mieux porter un masque que montrer son visage. Le voici qui vient, si je ne me trompe, dissiper tous nos doutes.

Pendant qu'il parlait, on entendit le bruit clair de sabots de chevaux, puis un grincement de roues contre la bordure du trottoir, suivis enfin d'un vif coup de sonnette. Holmes siffla.

– Deux chevaux, à en juger d'après le son, dit-il. Oui, continua-t-il, en regardant par la fenêtre. Un joli petit landau et une paire de beautés qui valent cent cinquante guinées pièce. Il y a de l'argent dans cette affaire, Watson, à supposer qu'il n'y ait rien d'autre.

– Je crois que je ferais mieux de m'en aller, Holmes.

– Pas du tout, docteur. Restez où vous êtes. Je suis perdu sans mon historiographe[1]. Et ça promet d'être intéressant. Ce serait dommage de rater cela.

Dans *Trois Aventures de Sherlock Holmes*,
collection « Classiques & Contemporains », n° 49, Magnard.

1. Celui qui écrit mon histoire.

Les héritiers directs : les maîtres du roman à énigme

Gaston Leroux (1868-1927)

Le Mystère de la chambre jaune, 1907

Joseph Rouletabille, jeune reporter au journal L'Époque, *se voit chargé de l'éclaircissement d'une affaire très mystérieuse : une jeune femme, Mlle Stangerson, a été victime d'une tentative d'assassinat dans sa « chambre jaune ». Et le criminel a disparu alors que sa fuite était impossible.*

Et il poussa les volets. Le jour livide du dehors entra, éclairant un désordre sinistre, entre des murs de safran[1]. Le plancher – car si le vestibule et le laboratoire étaient carrelés, la « Chambre Jaune » était planchéiée – était recouvert d'une natte jaune, d'un seul morceau, qui tenait presque toute la pièce, allant sous le lit et sous la table-toilette, seuls meubles qui, avec le lit, fussent encore sur leurs pieds. La table ronde du milieu, la table de nuit et deux chaises étaient renversées. Elles n'empêchaient point de voir, sur la natte, une large tache de sang qui provenait, nous dit le père Jacques, de la blessure au front de Mlle Stangerson. En outre, des gouttelettes de sang étaient répandues un peu partout et suivaient, en quelque sorte, la trace très visible des pas, des larges pas noirs, de l'assassin. Tout faisait présumer que ces gouttes de sang venaient de la blessure de l'homme qui avait, un moment, imprimé sa main rouge sur le mur. Il y avait d'autres traces de cette main sur le

1. D'une couleur jaune orangé.

mur, mais beaucoup moins distinctes. C'est bien là la trace d'une rude main d'homme ensanglantée.

Je ne pus m'empêcher de m'écrier :

– Voyez !... Voyez ce sang sur le mur... L'homme qui a appliqué si fermement sa main ici était alors dans l'obscurité et croyait certainement tenir une porte. Il croyait la pousser ! C'est pourquoi il a fortement appuyé, laissant sur le papier jaune un dessin terriblement accusateur, car je ne sache point qu'il y ait beaucoup de mains au monde de cette sorte-là. Elle est grande et forte, et les doigts sont presque aussi longs les uns que les autres ! Quant au pouce, il manque ! Nous n'avons que la marque de la paume. Et si nous suivons la « trace » de cette main, continuai-je, nous la voyons, qui, après s'être appuyée au mur, le tâte, cherche la porte, la trouve, cherche la serrure...

– Sans doute, interrompit Rouletabille en ricanant, *mais il n'y a pas de sang à la serrure ni au verrou* !...

– Qu'est-ce que cela prouve ? répliquai-je avec un bon sens dont j'étais fier, il aura ouvert serrure et verrou de la main gauche, ce qui est tout naturel puisque la main droite est blessée...

– Il n'a rien ouvert du tout ! s'exclama encore le père Jacques. Nous ne sommes pas fous, peut-être ! Et nous étions quatre quand nous avons fait sauter la porte !

Je repris :

– Quelle drôle de main ! Regardez-moi cette drôle de main !

– C'est une main fort naturelle, répliqua Rouletabille, dont le dessin a été déformé par *le glissement sur le mur*. L'homme *a essuyé sa main blessée sur le mur* ! Cet homme doit mesurer un mètre quatre-vingts.

– À quoi voyez-vous cela ?

– À la hauteur de la main sur le mur...

Mon ami s'occupa ensuite de la trace de la balle dans le mur. Cette trace était un trou rond.

– La balle, dit Rouletabille, est arrivée de face : ni d'en haut, par conséquent, ni d'en bas.

Et il nous fit observer encore qu'elle était de quelques centimètres plus bas sur le mur que le stigmate[1] laissé par la main.

Rouletabille, retournant à la porte, avait le nez, maintenant, sur la serrure et le verrou. Il constata qu'on avait bien fait sauter la porte, du dehors, serrure et verrou étant encore, sur cette porte défoncée, l'une fermée, l'autre poussé, et, sur le mur, les deux gâches[2] étant quasi arrachées, pendantes, retenues encore par une vis.

Le jeune rédacteur de *L'Époque*[3] les considéra avec attention, reprit la porte, la regarda des deux côtés, s'assura qu'il n'y avait aucune possibilité de fermeture ou d'ouverture du verrou de l'extérieur, et s'assura qu'on avait retrouvé la clef dans la serrure, à l'intérieur. Il s'assura encore qu'une fois la clef dans la serrure à l'intérieur, on ne pouvait ouvrir cette serrure de l'extérieur avec une autre clef. Enfin, ayant constaté qu'il n'y avait, à cette porte, aucune fermeture automatique, bref, qu'elle était la plus naturelle de toutes les portes, munie d'une serrure et d'un verrou très solides qui étaient restés fermés, il laissa tomber ces mots : « Ça va mieux ! » Puis, s'asseyant par terre, il se déchaussa hâtivement.

Et, sur ses chaussettes, il s'avança dans la chambre. La première chose qu'il fit fut de se pencher sur les meubles renversés et de les examiner avec un soin extrême. Nous le regardions en silence. Le père Jacques lui disait de plus en plus ironique :

---

1. La trace.
2. Pièces de métal dans lesquelles s'enclenche le pêne d'une serrure.
3. Journal pour lequel travaille Rouletabille.

– Oh ! mon p'tit ! Oh ! mon p'tit ! Vous vous donnez bien du mal !...

Mais Rouletabille redressa la tête :

– Vous avez dit la pure vérité, père Jacques, votre maîtresse n'avait pas, ce soir-là, ses cheveux en bandeaux ; c'est moi qui étais une vieille bête de croire cela !...

Et, souple comme un serpent, il se glissa sous le lit.

Et le père Jacques reprit :

– Et dire, monsieur, et dire que l'assassin était caché là-dessous ! Il y était quand je suis entré à dix heures, pour fermer les volets et allumer la veilleuse, puisque ni M. Stangerson, ni Mlle Mathilde, ni moi, n'avons plus quitté le laboratoire jusqu'au moment du crime.

On entendait la voix de Rouletabille, sous le lit :

– À quelle heure, monsieur Jacques, M. et Mlle Stangerson sont-ils arrivés dans le laboratoire pour ne plus le quitter ?

– À six heures !

La voix de Rouletabille continuait :

– Oui, il est venu là-dessous... c'est certain... Du reste, il n'y a que là qu'il pouvait se cacher... Quand vous êtes entrés, tous les quatre, vous avez regardé sous le lit ?

– Tout de suite... Nous avons même entièrement bousculé le lit avant de le remettre à sa place.

– Et entre les matelas ?

– Il n'y avait, à ce lit, qu'un matelas sur lequel on a posé Mlle Mathilde. Et le concierge et M. Stangerson ont transporté ce matelas immédiatement dans le laboratoire. Sous le matelas, il n'y avait que le sommier métallique qui ne saurait dissimuler rien ni personne. Enfin, monsieur, songez que nous étions quatre, et que rien ne pouvait nous échapper, la chambre étant si petite, dégarnie de meubles, et tout était fermé derrière nous, dans le pavillon.

J'osai une hypothèse :

– Il est peut-être sorti avec le matelas ! Dans le matelas, peut-être... Tout est possible devant un pareil mystère ! Dans leur trouble, M. Stangerson et le concierge ne se seront pas aperçus qu'ils transportaient double poids... *Et puis, si le concierge est complice !...* Je vous donne cette hypothèse pour ce qu'elle vaut, mais voilà qui expliquerait bien des choses... et, particulièrement, le fait que le laboratoire et le vestibule sont restés vierges des traces de pas qui se trouvent dans la chambre. Quand on a transporté mademoiselle du laboratoire au château, le matelas, arrêté un instant près de la fenêtre, aurait pu permettre à l'homme de se sauver...

– Et puis quoi encore ! Et puis quoi encore ? Et puis quoi encore ? me lança Rouletabille, en riant délibérément, sous le lit...

J'étais un peu vexé :

– Vraiment on ne sait plus... Tout paraît possible...

Le père Jacques fit :

– C'est une idée qu'a eue le juge d'instruction, monsieur, et il a fait examiner sérieusement le matelas. Il a été obligé de rire de son idée, monsieur, comme votre ami rit en ce moment, car ça n'était bien sûr pas un matelas à double fond !... Et puis, quoi ! s'il y avait eu un homme dans le matelas on l'aurait vu !...

Je dus rire moi-même, et, en effet, j'eus la preuve, depuis, que j'avais dit quelque chose d'absurde. Mais où commençait, où finissait l'absurde[1] dans une affaire pareille !

Mon ami, seul, était capable de le dire, et encore !...

– Dites donc ! s'écria le reporter, toujours sous le lit, elle a été bien remuée cette carpette-là ?

1. Absurdité, non-sens.

– Par nous, monsieur, expliqua le père Jacques. Quand nous n'avons pas trouvé l'assassin, nous nous sommes demandé s'il n'y avait pas un trou dans le plancher...

– Il n'y en a pas, répondit Rouletabille. Avez-vous une cave ?

– Non, il n'y a pas de cave... Mais cela n'a pas arrêté nos recherches et ça n'a pas empêché M. le juge d'instruction, et surtout son greffier, d'étudier le plancher planche à planche, comme s'il y avait eu une cave dessous...

Le reporter, alors, réapparut. Ses yeux brillaient, ses narines palpitaient ; on eût dit un jeune animal au retour d'un heureux affût[1]... Il resta à quatre pattes. En vérité, je ne pouvais mieux le comparer dans ma pensée qu'à une admirable bête de chasse sur la piste de quelque surprenant gibier... Et il flaira les pas de l'homme, de l'homme qu'il s'était juré de rapporter à son maître, M. le directeur de *L'Époque*, car il ne faut pas oublier que notre Joseph Rouletabille était journaliste !

Ainsi, à quatre pattes, il s'en fut aux quatre coins de la pièce, reniflant tout, faisant le tour de tout, de tout ce que nous voyions, ce qui était peu de choses, et de tout ce que nous ne voyions pas et qui était, paraît-il, immense.

La table-toilette était une simple tablette sur quatre pieds ; impossible de la transformer en une cachette passagère... Pas une armoire... Mlle Stangerson avait sa garde-robe au château.

Le nez, les mains de Rouletabille montaient le long des murs, *qui étaient partout de brique épaisse*. Quand il eut fini avec les murs et passé ses doigts agiles sur toute la surface du papier jaune, atteignant ainsi le plafond auquel il put toucher, en montant sur une chaise qu'il avait

1. Cachette d'où l'on guette une proie.

placée sur la table-toilette, et en faisant glisser autour de la pièce cet ingénieux escabeau ; quand il eut fini avec le plafond où il examina soigneusement la trace de l'autre balle, il s'approcha de la fenêtre et ce fut encore le tour des barreaux et celui des volets, tous bien solides et intacts. Enfin, il poussa un ouf ! de satisfaction et déclara que, maintenant, il était tranquille !

– Eh bien, croyez-vous qu'elle était enfermée, la pauvre chère mademoiselle quand on nous l'assassinait ! quand elle nous appelait à son secours !... gémit le père Jacques.

– Oui, fit le jeune reporter, en s'essuyant le front... *la « Chambre Jaune » était, ma foi, fermée comme un coffre-fort...*

– De fait, observai-je, voilà bien pourquoi ce mystère est le plus surprenant que je connaisse, *même dans le domaine de l'imagination.* Dans le *Double Assassinat dans la rue Morgue*, Edgar Poe n'a rien inventé de semblable. Le lieu du crime était assez fermé pour ne pas laisser échapper un homme, mais il y avait encore cette fenêtre par laquelle pouvait se glisser l'auteur des assassinats qui était un singe !... Mais ici, il ne saurait être question d'aucune ouverture d'aucune sorte. La porte close et les volets fermés comme ils l'étaient, et la fenêtre fermée comme elle l'était, *une mouche ne pouvait entrer ni sortir* !

Collection « Classiques & Contemporains », n° 25, Magnard.

Maurice Leblanc (1864-1941)
L'Arrestation d'Arsène Lupin, 1905

Le narrateur est passager d'un luxueux transatlantique[1]*. Le deuxième jour de traversée, le télégraphe transmet une nouvelle qui fait l'effet d'un coup de tonnerre : Arsène Lupin, célèbre voleur, est présent à bord, sous une fausse identité. Et un vol est justement commis.*

Lady Jerland, l'amie de miss Nelly, arrivait en courant.

Elle était bouleversée. On s'empressa autour d'elle, et ce n'est qu'après bien des efforts qu'elle réussit à balbutier :

– Mes bijoux, mes perles !... on a tout pris !...

Non, on n'avait pas tout pris, comme nous le sûmes par la suite ; chose bien plus curieuse : on avait choisi !

De l'étoile en diamants, du pendentif en cabochons[2] de rubis, des colliers et des bracelets brisés, on avait enlevé, non point les pierres les plus grosses, mais les plus fines, les plus précieuses, celles, aurait-on dit, qui avaient le plus de valeur en tenant le moins de place. Les montures gisaient là, sur la table. Je les vis, tous nous les vîmes, dépouillées de leurs joyaux comme des fleurs dont on eût arraché les beaux pétales étincelants et colorés.

Et pour exécuter ce travail, il avait fallu, pendant l'heure où lady Jerland prenait le thé, il avait fallu, en plein jour, et dans un couloir fréquenté, fracturer la porte de la cabine, trouver un petit sac dissimulé à dessein[3] au fond d'un carton à chapeau, l'ouvrir et choisir !

Il n'y eut qu'un cri parmi nous. Il n'y eut qu'une opinion parmi tous les passagers, lorsque le vol fut connu : c'est Arsène Lupin. Et de fait,

1. Paquebot qui fait la traversée de l'Atlantique.
2. Pierres précieuses polies.
3. Volontairement.

c'était bien sa manière compliquée, mystérieuse, inconcevable... et logique cependant, car, s'il était difficile de receler[1] la masse encombrante qu'eût formée l'ensemble des bijoux, combien moindre était l'embarras avec de petites choses indépendantes les unes des autres, perles, émeraudes et saphirs !

Et au dîner, il se passa ceci : à droite et à gauche de Rozaine, les deux places restèrent vides. Et le soir on sut qu'il avait été convoqué par le commandant.

Son arrestation, que personne ne mit en doute, causa un véritable soulagement. On respirait enfin. Ce soir-là on joua aux petits jeux. On dansa. Miss Nelly, surtout, montra une gaieté étourdissante qui me fit voir que si les hommages de Rozaine avaient pu lui agréer[2] au début, elle ne s'en souvenait guère. Sa grâce acheva de me conquérir. Vers minuit, à la clarté sereine de la lune, je lui affirmai mon dévouement avec une émotion qui ne parut pas lui déplaire.

Mais le lendemain, à la stupeur générale, on apprit que, les charges relevées contre lui n'étant pas suffisantes, Rozaine était libre.

Fils d'un négociant considérable de Bordeaux, il avait exhibé des papiers parfaitement en règle. En outre, ses bras n'offraient pas la moindre trace de blessure.

– Des papiers ! des actes de naissance ! s'écrièrent les ennemis de Rozaine, mais Arsène Lupin vous en fournira tant que vous voudrez ! Quant à la blessure, c'est qu'il n'en a pas reçu... ou qu'il en a effacé la trace !

On leur objectait[3] qu'à l'heure du vol, Rozaine – c'était démontré – se promenait sur le pont. À quoi ils ripostaient :

---

1. Cacher.
2. Plaire.
3. Opposait.

– Est-ce qu'un homme de la trempe d'Arsène Lupin a besoin d'assister au vol qu'il commet ?

Et puis, en dehors de toute considération étrangère, il y avait un point sur lequel les plus sceptiques ne pouvaient épiloguer. Qui, sauf Rozaine, voyageait seul, était blond, et portait un nom commençant par R ? Qui le télégramme désignait-il, si ce n'était Rozaine ?

Et quand Rozaine, quelques minutes avant le déjeuner, se dirigea audacieusement vers notre groupe, miss Nelly et lady Jerland se levèrent et s'éloignèrent.

C'était bel et bien de la peur.

Une heure plus tard, une circulaire manuscrite passait de main en main parmi les employés du bord, les matelots, les voyageurs de toutes classes : M. Louis Rozaine promettait une somme de dix mille francs à qui démasquerait Arsène Lupin, ou trouverait le possesseur des pierres dérobées.

– Et si personne ne me vient en aide contre ce bandit, déclara Rozaine au commandant, moi, je lui ferai son affaire.

Rozaine contre Arsène Lupin, ou plutôt, selon le mot qui courut, Arsène Lupin lui-même contre Arsène Lupin, la lutte ne manquait pas d'intérêt !

Elle se prolongea durant deux journées.

On vit Rozaine errer de droite et de gauche, se mêler au personnel, interroger, fureter. On aperçut son ombre, la nuit, qui rôdait.

De son côté, le commandant déploya l'énergie la plus active. Du haut en bas, en tous les coins, la *Provence* fut fouillée. On perquisitionna dans toutes les cabines, sans exception, sous le prétexte fort juste que les objets étaient cachés dans n'importe quel endroit, sauf dans la cabine du coupable.

– On finira bien par découvrir quelque chose, n'est-ce pas ? me demandait miss Nelly. Tout sorcier qu'il soit, il ne peut faire que des diamants et des perles deviennent invisibles.

– Mais si, lui répondis-je, ou alors il faudrait explorer la coiffe de nos chapeaux, la doublure de nos vestes, et tout ce que nous portons sur nous.

Et lui montrant mon Kodak, un 9 x 12 avec lequel je ne me lassais pas de la photographier dans les attitudes les plus diverses :

– Rien que dans un appareil pas plus grand que celui-ci, ne pensez-vous pas qu'il y aurait place pour toutes les pierres précieuses de lady Jerland ? On affecte de prendre des vues et le tour est joué.

– Mais cependant j'ai entendu dire qu'il n'y a point de voleur qui ne laisse derrière lui un indice quelconque.

– Il y en a un : Arsène Lupin.

– Pourquoi ?

– Pourquoi ? parce qu'il ne pense pas seulement au vol qu'il commet, mais à toutes les circonstances qui pourraient le dénoncer.

– Au début, vous étiez plus confiant.

– Mais depuis, je l'ai vu à l'œuvre.

– Et alors, selon vous ?

– Selon moi, on perd son temps.

Et de fait, les investigations ne donnaient aucun résultat, ou du moins, celui qu'elles donnèrent ne correspondait pas à l'effort général : la montre du commandant lui fut volée.

Furieux, il redoubla d'ardeur et surveilla de plus près encore Rozaine avec qui il avait eu plusieurs entrevues. Le lendemain, ironie charmante, on retrouvait la montre parmi les faux-cols du commandant en second.

Tout cela avait un air de prodige, et dénonçait bien la manière humoristique d'Arsène Lupin, cambrioleur, soit, mais dilettante[1] aussi. Il travaillait par goût et par vocation, certes, mais par amusement aussi. Il donnait l'impression du monsieur qui se divertit à la pièce qu'il fait jouer, et qui dans la coulisse, rit à gorge déployée de ses traits d'esprit, et des situations qu'il imagine.

Décidément, c'était un artiste en son genre, et quand j'observais Rozaine, sombre et opiniâtre[2], et que je songeais au double rôle que tenait sans doute ce curieux personnage, je ne pouvais en parler sans une certaine admiration.

Collection « Classiques & Contemporains », n° 141, Magnard.

1. Amateur.
2. Obstiné.

Agatha Christie (1890-1976)
Dix Petits Nègres, 1939

Dix personnes sont invitées sur une île isolée, l'île du Nègre. Le propriétaire est absent et, le premier soir, un gramophone fait entendre une drôle de comptine. Rapidement, la mort s'invite et fait déjà quatre victimes. Les invités se soupçonnent alors les uns les autres.

Ils retrouvèrent Emily Brent assise dans le fauteuil où ils l'avaient laissée. Elle tournait le dos à la porte et ils ne virent rien d'anormal, sinon qu'elle ne remua point, comme si elle ne les avait pas entendus entrer.

Puis ils virent son visage… tuméfié[1], les lèvres bleuies et les yeux effarés.

Blore s'exclama :

« Mon Dieu ! Elle est morte ! »

La voix ténue et calme du juge Wargrave se fit entendre :

« Encore un de nous innocenté… trop tard ! »

Armstrong se pencha sur la morte. Il renifla les lèvres, hocha la tête et examina les paupières.

Impatient, Lombard lui demanda :

« De quoi est-elle morte, docteur ? Elle se portait à merveille lorsque nous avons quitté la salle à manger. »

L'attention d'Armstrong fut attirée par une marque sur le côté droit du cou. Il déclara :

« C'est la trace d'une seringue hypodermique. »

1. Gonflé.

On entendit un bourdonnement à la fenêtre et Véra s'écria :

« Regardez, une abeille… un *bourdon !* Rappelez-vous ce que je vous disais ce matin ! »

Armstrong ricana :

« Ce n'est pas cette bestiole qui l'a piquée. Une main humaine tenait la seringue.

– Quel poison a-t-on injecté ? demanda le juge.

– À première vue, répondit Armstrong, il s'agirait de cyanure… probablement le cyanure de potassium… tout comme pour Anthony Marston. Elle a dû mourir sur le coup par asphyxie.

– Pourtant, cette abeille ?… observa Véra. Ce ne peut être une coïncidence ? »

Lombard dit d'un ton sinistre :

« Oh ! que non ! Ce n'est pas une coïncidence ! Notre assassin persiste à donner un peu de couleur locale à ses crimes. C'est un joyeux drille ! Il suit à la lettre les strophes de cette satanée chanson de nourrice[1]. »

Pour la première fois, le capitaine Lombard s'exprimait d'une voix troublée, presque perçante. On devinait que son courage, trempé[2] par une carrière remplie de vicissitudes[3] et de périls, venait de céder.

Il éclata de colère.

« C'est insensé… insensé… Nous sommes tous fous ! »

Le juge intervint et dit d'une voix monotone :

« Nous conservons encore, je l'espère, toutes nos facultés intellectuelles. *Quelqu'un a-t-il apporté dans cette maison une seringue hypodermique ?* »

---

1. Il s'agit de la comptine des « dix petits nègres ».

2. Forgé.

3. Aléas, errements.

Le docteur Armstrong se redressa et dit, d'un ton mal assuré :

« Moi, monsieur ! »

Quatre paires d'yeux se vrillèrent sur lui. Se cabrant[1] contre ces regards hostiles, le médecin ajouta :

« Je ne me déplace jamais sans cet instrument. Tous les médecins en font autant. »

Le juge Wargrave se rasséréna[2] :

« C'est exact. Voulez-vous nous apprendre, docteur, où se trouve votre seringue en ce moment ?

– Là-haut… dans ma valise.

– Nous pourrions peut-être vérifier vos dires. »

Et le vieux magistrat en tête, les cinq invités montèrent l'escalier en une procession silencieuse.

Le contenu de la valise fut renversé sur le parquet.

La seringue hypodermique ne s'y trouvait point.

Furieux, le docteur Armstrong s'exclama :

« On me l'a prise ! »

Un silence s'établit dans la pièce.

Le docteur Armstrong se tenait debout, le dos tourné à la fenêtre. Quatre paires d'yeux, où se lisait une sombre accusation, étaient de nouveau braqués sur lui. Tout à coup, il regarda Véra et Wargrave en répétant d'une voix faible :

« Je vous jure qu'on me l'a enlevée ! »

Blore et Lombard s'entre-regardaient.

Le juge déclara, solennel :

« Nous sommes cinq personnes dans cette pièce. *L'un de nous est*

---

1. Se dressant.
2. Calma.

un assassin. Notre situation devient de plus en plus dangereuse. Nous devons tout mettre en œuvre pour sauvegarder la sécurité des quatre innocents. Je vous prie de me dire, docteur, quelles sont les drogues en votre possession ? »

Le médecin répondit :

« J'ai ici une petite trousse médicale. Vous pourrez l'examiner. Elle contient des somnifères, du trional, des comprimés de sulfonal, un paquet de bromure, du bicarbonate de soude et de l'aspirine. C'est tout. Je n'ai pas de cyanure du tout. »

Le juge dit à son tour :

« Moi aussi, j'ai apporté quelques comprimés contre l'insomnie… c'est, je crois, du sulfonal. Administré à forte dose, je crains que ce médicament ne soit mortel. Vous, monsieur Lombard, vous possédez, paraît-il, un revolver.

– Et après ? s'écria Lombard, hors de lui.

– Tout simplement ceci : je propose que toutes les drogues du médecin, mes comprimés de somnifère, votre revolver, monsieur Lombard, ainsi que tout autre produit pharmaceutique et toutes les armes à feu, soient réunis et déposés en lieu sûr. Cela fait, chacun de nous se soumettra à une fouille complète de sa personne et de ses effets. »

Lombard s'emporta :

« Que je sois pendu si je lâche mon revolver ! »

Wargrave répliqua de sa voix aiguë :

« Monsieur Lombard, vous êtes un gaillard solide et bien bâti, mais l'ex-inspecteur est lui-même doué d'une remarquable force physique. Je ne sais lequel de vous deux l'emporterait dans un corps à corps, mais je puis vous affirmer ceci : le docteur Armstrong, Miss Claythorne et moi-même prendrons le parti de Blore et l'aiderons de notre mieux.

Vous conviendrez donc que les chances se tourneront contre vous à la moindre résistance de votre part. »

Lombard, la tête rejetée en arrière, montra les dents, mais s'avoua vaincu.

« Du moment que vous vous mettez tous contre moi… »

Approuvant d'un signe de tête, le juge lui dit :

« Enfin, vous vous montrez raisonnable. Où est votre revolver ?

– Dans le tiroir de ma table de chevet.

– Bien.

– Je cours le chercher.

– Il vaut mieux, je crois, que nous vous accompagnions. »

Philip répondit par un sourire qui ressemblait fort à un rictus :

« Ah ! vous êtes prudent, vous, au moins ! »

Ils suivirent le couloir et pénétrèrent dans la chambre à coucher de Lombard.

Le jeune homme se dirigea tout droit vers la table de chevet et il ouvrit le tiroir. Il recula en étouffant un juron.

Le tiroir était vide !

« Maintenant, vous voilà satisfaits ? »

Nu comme un ver, Lombard avait assisté à la fouille de sa chambre et de ses vêtements par les trois hommes. Miss Claythorne attendait dans le couloir.

La perquisition poursuivit son cours de façon méthodique. Le docteur Armstrong, le juge Wargrave et l'ex-inspecteur Blore se soumirent tour à tour à la même épreuve.

Les quatre hommes, sortant de la chambre de Blore, rejoignirent Miss Claythorne. Le juge prit la parole :

« J'espère que vous comprendrez, Miss Claythorne, que nous ne pouvons admettre aucune exception. Il faut absolument que nous retrouvions ce revolver. Vous avez certainement dans vos bagages un maillot de bain ? »

Véra acquiesça de la tête.

« En ce cas, je vous prie d'entrer dans votre chambre, de vous déshabiller, d'enfiler votre maillot et de venir nous retrouver ici. »

Véra entra chez elle et referma la porte. Au bout de quelques minutes, elle reparut dans un maillot en tricot de soie qui moulait ses formes.

« Merci, Miss Claythorne, lui dit le juge satisfait. Veuillez nous attendre ici. Nous allons fouiller votre chambre. »

Traduction de Gérard de Chergé.

Georges Simenon (1903-1989)

Maigret et l'inspecteur Malgracieux, 1947

Une rivalité entre un inspecteur malchanceux et Maigret donne à Simenon l'occasion d'évoquer l'univers quotidien de son héros.

C'était une drôle de vie. Maigret prenait un air grognon, mais, en réalité, il n'aurait pas donné sa place, à ces moments-là, pour le meilleur fauteuil de l'Opéra. Était-il possible d'être davantage chez lui, dans les vastes locaux de la Police Judiciaire, qu'au beau milieu de la nuit ? Tellement chez lui qu'il avait tombé la veste, retiré sa cravate et ouvert son col. Il avait même, après une hésitation, délacé ses souliers qui lui faisaient un peu mal.

En son absence, Scotland Yard[1] avait téléphoné, et on avait passé la communication à son neveu Daniel, qui venait de lui en rendre compte. L'escroc dont il s'occupait n'avait pas été signalé à Londres depuis plus de deux ans, mais, aux dernières nouvelles, il serait passé par la Hollande.

Maigret avait donc alerté Amsterdam. Il attendait maintenant des renseignements de la Sûreté néerlandaise. De temps en temps, il entrait en contact téléphonique avec ses inspecteurs qui surveillaient l'homme à la porte de son appartement du *Claridge* et dans le hall de l'hôtel.

Puis, la pipe aux dents, les cheveux hirsutes[2], il ouvrait la porte de son bureau et contemplait la longue perspective du couloir, où il n'y avait que deux lampes en veilleuse ; et il avait l'air, alors, d'un brave banlieusard qui, le dimanche matin, se campe sur son seuil pour contempler son bout de jardin.

---

1. Quartier général de la police londonienne.
2. Ébouriffés, emmêlés.

Tout au fond du couloir, le vieux garçon de bureau de nuit, Jérôme, qui était dans la maison depuis plus de trente ans et qui avait les cheveux blancs comme neige, était assis devant sa petite table surmontée d'une lampe à abat-jour vert et, le nez chaussé de lunettes à monture d'acier, il lisait invariablement un gros traité de médecine, le même depuis des années. Il lisait comme les enfants, en remuant les lèvres, en épelant les syllabes.

Puis le commissaire faisait quelques pas, les mains dans les poches, entrait dans le bureau des inspecteurs, où les deux hommes de garde, en manches de chemise, eux aussi, jouaient aux cartes et fumaient des cigarettes.

Il allait, il venait. Derrière son bureau, dans un étroit cagibi, il y avait un lit de camp sur lequel il lui arriva deux ou trois fois de s'étendre sans parvenir à s'assoupir. Il faisait chaud, malgré la pluie qui tombait de plus belle, car le soleil avait tapé dur sur les bureaux pendant toute la journée.

Une première fois, Maigret marcha jusqu'à son téléphone, mais, à l'instant de décrocher, sa main s'arrêta. Il déambula encore, retourna chez les inspecteurs, suivit la partie de cartes pendant un bout de temps et revint une seconde fois jusqu'à l'appareil.

Il était comme un enfant qui ne peut pas se décider à renoncer à une envie. Si encore Lognon avait été moins malchanceux ! Lognon ou pas Lognon, Maigret avait le droit, bien entendu, de prendre en main l'affaire de la rue Lamarck[1], comme il brûlait du désir de le faire.

Non pas parce qu'il la jugeait particulièrement sensationnelle. L'arrestation de l'escroc, par exemple, à laquelle il ne parvenait pas à

1. Rue de Montmartre, à Paris.

s'intéresser, lui vaudrait davantage de renommée. Mais, il avait beau faire, il revoyait sans cesse la borne de Police-Secours, dans la pluie, le petit courtier[1] en diamants à la silhouette étriquée et malingre, puis les deux sœurs, dans leur appartement.

Comment dire ? C'était une de ces affaires dont l'odeur lui plaisait, qu'il aurait aimé renifler à loisir jusqu'au moment où il en serait si bien imprégné que la vérité lui apparaîtrait d'elle-même.

Et il tombait justement sur le pauvre Lognon, le meilleur des hommes, au fond, le plus consciencieux des inspecteurs, consciencieux au point d'en être imbuvable, Lognon sur qui la malchance s'acharnait avec tant d'insistance qu'il en était arrivé à avoir la hargne d'un chien galeux.

Chaque fois que Lognon s'était occupé d'une affaire, il avait eu des malheurs. Ou bien, au moment où il allait opérer une arrestation, on s'apercevait que le coupable avait de hautes protections et qu'il fallait le laisser tranquille, ou bien l'inspecteur tombait malade et devait passer son dossier à un collègue, ou bien encore un juge d'instruction en mal d'avancement prenait pour lui le bénéfice de la réussite.

Est-ce que Maigret, cette fois encore, allait lui ôter le pain de la bouche ?

---

1. Revendeur.

À la frontière des genres : angoisse et mystère dans le roman policier

Robert Louis Stevenson (1850-1894)

Le Cas étrange du Dr Jekyll et de M. Hyde, 1886

Quelle relation l'honorable Dr Jekyll entretient-il avec le bestial M. Hyde ? Le docteur Lanyon, dont le confrère implore l'aide, découvre la terrible vérité.

Là, enfin, j'eus tout loisir de le bien voir. Ce qui du moins était sûr, c'est que je ne l'avais jamais rencontré auparavant. Il était petit, comme je l'ai déjà dit ; en outre je fus frappé par l'expression repoussante de sa physionomie, par l'aspect exceptionnel qu'il présentait, d'une grande activité musculaire jointe à une non moins grande faiblesse apparente de constitution, et enfin, et plus encore peut-être, par le singulier trouble physiologique[1] que son voisinage produisait en moi. Ce trouble présentait quelque analogie avec un début d'ankylose[2], et s'accompagnait d'un notable affaiblissement du pouls. Sur le moment, je l'attribuai à quelque antipathie personnelle et idiosyncrasique[3], et m'étonnai simplement de l'acuité de ses manifestations ; mais j'ai eu depuis des raisons de croire que son origine était située beaucoup plus profondément dans mon humaine nature, et procédait d'un mobile[4] plus noble que le sentiment de la haine.

1. Physique.
2. Paralysie, engourdissement.
3. Liée au tempérament.
4. Cause.

Cet individu (qui avait ainsi, dès le premier instant de son arrivée, excité en moi une curiosité que je qualifierais volontiers de malsaine) était vêtu d'une façon qui aurait rendu grotesque une personne ordinaire ; car ses habits, quoique d'un tissu coûteux et de bon goût, étaient démesurément trop grands pour lui dans toutes les dimensions : son pantalon lui retombait sur les jambes, et on l'avait retroussé par en bas pour l'empêcher de traîner à terre, la taille de sa redingote lui venait au-dessous des hanches, et son col bâillait largement sur ses épaules. Chose singulière à dire, cet accoutrement funambulesque[1] était loin de me donner envie de rire. Au contraire, comme il y avait dans l'essence même de l'individu que j'avais alors en face de moi quelque chose d'anormal et d'avorté[2] – quelque chose de saisissant, de surprenant et de révoltant –, ce nouveau disparate[3] semblait fait uniquement pour s'accorder avec le premier et le renforcer ; si bien qu'à mon intérêt envers la nature et le caractère de cet homme s'ajoutait une curiosité concernant son origine, sa vie, sa fortune et sa situation dans le monde.

Ces remarques, auxquelles j'ai dû donner ici un tel développement, ne me prirent en réalité que quelques secondes. Mon visiteur était, du reste, trépidant d'une farouche agitation.

– L'avez-vous ? s'écria-t-il. L'avez-vous ?

Et dans l'excès de son impatience il alla jusqu'à me prendre par le bras comme pour me secouer.

À son contact je sentis dans mes veines une sorte de douleur glaciale. Je le repoussai.

---

1. Extravagant.
2. Pas fini.
3. Décalage.

– Voyons, monsieur, lui dis-je. Vous oubliez que je n'ai pas encore eu le plaisir de faire votre connaissance. Asseyez-vous, je vous prie.

Et pour lui montrer l'exemple, je m'installai moi-même dans mon fauteuil habituel en imitant mes façons ordinaires avec un malade, aussi bien que me le permettaient l'heure tardive, la nature de mes préoccupations, et l'horreur que m'inspirait mon visiteur.

– Je vous demande pardon, docteur Lanyon, répliqua-t-il assez poliment. Ce que vous dites là est tout à fait juste ; et mon impatience a devancé ma politesse. Je suis venu ici à la requête de votre collègue, le Dr Henry Jekyll, pour une affaire d'importance ; et à ce que j'ai compris… (Il s'interrompit, porta la main à sa gorge, et je pus voir, en dépit de son attitude calme, qu'il luttait contre les approches d'une crise de nerfs.) À ce que j'ai compris, un tiroir…

Mais j'eus pitié de l'angoisse de mon visiteur, non moins peut-être que de ma croissante curiosité.

– Le voici, monsieur, répondis-je, en désignant le tiroir, déposé sur le parquet derrière une table et toujours recouvert de son drap.

Il bondit vers l'objet, puis fit halte, et porta la main à son cœur. J'entendais ses dents grincer par le jeu convulsif de ses mâchoires ; et son visage m'apparut si hagard[1] que je m'en alarmai autant pour sa vie que pour sa raison.

– Remettez-vous, lui dis-je.

Il m'adressa un sourire hideux[2], et avec le courage du désespoir, il arracha le drap. À la vue du contenu du tiroir, il poussa un grand sanglot exprimant une délivrance si énorme que j'en restai pétrifié. Et dans le même instant, d'une voix redevenue déjà presque naturelle, il me demanda :

– Auriez-vous un verre gradué ?

---

1. Ahuri, troublé.
2. Affreux.

Je me levai de mon siège avec un certain effort et lui donnai ce qu'il désirait.

Il me remercia d'un geste souriant, mesura quelques gouttes de la teinture rouge, et y ajouta l'une des doses de poudre.

La mixture, d'une teinte rougeâtre au début, commença, à mesure que les cristaux se dissolvaient, à foncer en couleur, avec une effervescence notable, et à émettre de petits jets de vapeur.

Tout à coup l'ébullition prit fin, et presque en même temps la combinaison devint d'un pourpre violacé, qui se changea de nouveau et plus lentement en un vert glauque. Mon visiteur, qui suivait ces transformations d'un œil avide, sourit, déposa le verre sur la table, puis, se tournant vers moi, me regarda d'un œil scrutateur.

– Et maintenant, dit-il, réglons la suite. Voulez-vous être raisonnable ? écouter mon avis, me permettre d'emporter ce verre avec moi et de sortir d'ici sans autre commentaire ? Ou bien l'excès de votre curiosité l'emporte-t-il ? Réfléchissez avant de répondre, car il en sera fait selon votre volonté. Selon votre volonté, je vous laisserai tel que vous étiez auparavant, ni plus riche, ni plus savant, à moins que la conscience du service rendu à un homme en danger de mort puisse être comptée parmi les richesses de l'âme. Ou bien, si vous le préférez, un nouveau domaine du savoir et de nouveaux chemins conduisant à la puissance et à la renommée vous seront ouverts, ici même, dans cette pièce, sans plus tarder ; et vos regards seront éblouis d'un prodige capable d'ébranler l'incrédulité de Lucifer[1].

– Monsieur, dis-je, affectant un sang-froid que j'étais loin de posséder en réalité, vous parlez par énigmes, et vous ne vous étonnerez peut-être pas de ce que je vous écoute avec une assez faible conviction. Mais je me suis avancé trop loin dans la voie des services inexplicables pour m'arrêter avant d'avoir vu la fin.

1. L'un des noms du diable.

– C'est bien, répliqua mon visiteur. Lanyon, rappelez-vous vos serments : ce qui va suivre est sous le sceau du secret professionnel. Et maintenant, vous qui êtes resté si longtemps attaché aux vues les plus étroites et les plus matérielles, vous qui avez nié la vertu de la médecine transcendante[1], vous qui avez raillé[2] vos supérieurs, voyez !

Il porta le verre à ses lèvres et but d'un trait. Un cri retentit ; il râla, tituba, se cramponna à la table, et se maintint debout, les yeux fixes et injectés, haletant, la bouche ouverte ; et tandis que je le considérais, je crus voir en lui un changement… il me parut se dilater… sa face devint brusquement noire et ses traits semblèrent se fondre et se modifier… et un instant plus tard je me dressais d'un bond, me rejetant contre la muraille, le bras levé pour me défendre du prodige, l'esprit confondu de terreur.

– Ô Dieu ! m'écriai-je.

Et je répétai à plusieurs reprises : « Ô Dieu ! » car là, devant moi, pâle et défait, à demi évanoui, et tâtonnant devant lui avec ses mains, tel un homme ravi[3] au tombeau, se tenait Henry Jekyll !

Ce qu'il me raconta durant l'heure qui suivit, je ne puis me résoudre à l'écrire. Je vis ce que je vis, j'entendis ce que j'entendis, et mon âme en défaillit ; et pourtant à l'heure actuelle où ce spectacle a disparu de devant mes yeux je me demande si j'y crois et je ne sais que répondre. Ma vie est ébranlée jusque dans ses racines ; le sommeil m'a quitté ; les plus abominables terreurs m'assiègent à toute heure du jour et de la nuit ; je sens que mes jours sont comptés et que je vais mourir ; et malgré cela je mourrai incrédule.

Traduction de Théo Varlet.
Collection « Classiques & Contemporains », n° 27, Magnard.

---

1. Qui dépasse la réalité.
2. Moqué.
3. Enlevé, arraché.

Pierre Véry (1900-1960)

Les Disparus de Saint-Agil, 1935

La pension Saint-Agil est en émoi : un élève, Mathieu Sorgues, a disparu. L'un de ses camarades, membre, comme lui, de la société secrète des Chiche-Capon, décide de mener son enquête.

« EN AMÉRIQUE :

« DE NEW YORK

« À LA NOUVELLE-ORLÉANS,

« par Jules HURET[1].

« CINCINNATI[2] :

« *Des mentons carrés, proéminents. Des bouches qui mâchonnent continuellement le chewing-gum. Le chewing-gum se vend par petites tablettes dures et minces chez tous les droguistes. La consommation en est colossale…* »

M. Donadieu prit une tranche minuscule de pain dans la corbeille.

– Des nouvelles du petit 95 ? demanda-t-il à M. Mirambeau.

– Pas que je sache. Il est encore trop tôt, il n'est parti qu'avant-hier soir.

M. Mirambeau se versa une large rasade.

– Monsieur Lemmel… Je vois que votre verre est vide.

– Non, merci. Sans façon…

Le directeur, assis très droit, appuyait, tout en mangeant, un regard sévère sur la masse des élèves, mais n'en voyait, à proprement parler, aucun.

1. Titre d'un récit de Jules Huret (1863-1915), journaliste littéraire.
2. Ville des États-Unis, située au sud de l'État de l'Ohio.

Le préfet de discipline[1], un peu courbé, émiettait machinalement du pain. Il semblait ne pas voir au-delà de son assiette, mais son regard enregistrait tout ce qui se passait dans la salle.

« Cincinnati est le type accompli de la ville américaine. Les rues sont droites, comme partout dans ce pays. Les hommes sont complètement rasés. Un flegme à toute épreuve… »

C'était, ce soir-là, un élève de troisième, André Baume, qui laissait tomber ce texte, du haut de la chaire[2].

Il lisait avec feu, détachant chaque syllabe, donnant aux mots leur plein sens. Parfois, il levait le front et adressait un signe d'intelligence à un condisciple qui souriait et clignait de l'œil en réponse.

André Baume portait le numéro 7 à Saint-Agil. Un nez busqué et des yeux hardis donnaient une physionomie curieuse à ce grand garçon brun de seize ans. Il affichait énormément d'assurance et de désinvolture. Un « type culotté ». On l'admirait.

– Quelles nouvelles en fait de politique extérieure ? s'enquit M. Mirambeau.

– Infectes, aujourd'hui plus qu'hier, et bien moins que demain, jeta M. Benassis.

M. Mirambeau n'avait posé la question que par politesse. Il n'insista pas. D'ailleurs, le repas s'achevait.

M. Planet se leva, frappa dans ses mains ; une cloche sonna.

En passant au pied de la chaire, l'élève avec lequel André Baume avait échangé des signes pendant le dîner hocha affirmativement la tête, tandis qu'il faisait : « oui ! » des lèvres.

1. Celui qui, dans un collège religieux, s'occupe de la discipline.
2. Ici, tribune installée dans le réfectoire pour la lecture.

Cet élève s'appelait Philippe Macroy. Sur ses cahiers de brouillon, ses couvre-livres, sur les billets qu'il adressait en cachette à ses camarades, il écrivait son nom ainsi : Phil. Mac Roy. Il avait le numéro 22 et était en troisième.

Encore plus grand que Baume, il était blond, avec un visage en lame de couteau. Un reste de strabisme l'obligeait à porter des lunettes. Elles étaient cerclées d'écaille : il n'en était pas peu fier. Comme ses amis Sorgues et Baume, il avait environ seize ans. Comme eux, il mâchait des tablettes de chewing-gum « pour activer le développement des maxillaires » et se donner « l'air énergique ». Comme eux, il cachait au fond de son pupitre, en salle d'études, une carte des États-Unis d'Amérique, un indicateur Chaix[1], des prospectus de compagnies de navigation et un catalogue de la Manufacture d'Armes et Cycles de Saint-Étienne[2].

En se mettant au lit, il garda son pantalon et ses chaussettes.

*

Vers onze heures et demie, après une ronde du préfet de discipline, il se leva, sortit furtivement, descendit l'escalier. Avant de traverser la salle de jeux, il colla son oreille à la porte de l'économe[3]. Il accomplissait dans un ordre identique les mêmes gestes qu'avait accomplis, deux nuits auparavant, Mathieu Sorgues.

Des bruits de sifflet, réguliers, arrivaient de la chambre de M. Donadieu : l'homme au polype dormait. Tout allait bien.

Macroy pénétra dans la classe de sciences naturelles. Il était initié à son mystère et connaissait les rites. Il retira le coffret de dessous

1. Indicateur officiel de la SNCF.
2. Société de vente par correspondance.
3. Intendant.

l'estrade, installa le squelette devant la chaire et planta une bougie dans la boîte crânienne. Puis, ayant allumé une cigarette, il ouvrit le coffret de carton bouilli.

Ses traits exprimèrent du désappointement. Quelque chose, qu'il s'attendait à découvrir dans la boîte, ne s'y trouvait pas.

Il grogna, sortit le gros cahier, lut les dernières lignes que Mathieu Sorgues avait écrites à l'encre bleue, réfléchit, puis grogna encore.

Il prit une feuille de papier blanc, choisit un porte-plume, le trempa dans l'encre rouge et écrivit :

PROCÈS-VERBAL CONCERNANT LA DISPARITION
DU NUMÉRO 95

« Je, soussigné, numéro 22, m'étant rendu nuitamment[1] *à la classe de sciences naturelles, ai constaté que le numéro 95, déjà coupable d'avoir nourri secrètement un projet d'évasion de Saint-Agil, rue Croix-Saint-Loup, à Meaux, Seine-et-Marne, France, et de l'avoir mis à exécution dans l'après-midi du 12 courant, à 6 heures moins le quart, sans avoir au préalable informé de sa décision le Comité des Chiche-Capon et soumis son plan à la discussion, conformément aux statuts, a aggravé son cas en omettant même de laisser dans le coffre des Chiche-Capon une note destinée à expliquer et justifier sa conduite.*

« En conséquence :

« Décide, en complet accord avec le numéro 7, d'infliger un blâme sévère au numéro 95. Des sanctions pouvant aller jusqu'à la radiation[2] *pure et simple suivront, si le numéro 95 persiste dans son silence.*

---

1. De nuit.
2. Exclusion.

« Rédigé par moi, à minuit, dans la classe de sciences naturelles de Saint-Agil, – Martin, squelette, étant présent, – et pour être versé aux archives.

« Le 14 juin de l'an III de l'Hégire des Chiche-Capon[1]. »

Il pressa sur la feuille un timbre de caoutchouc qui laissa, en violet, l'inscription suivante : CHICHE-CAPON

Au dos de la feuille, dans l'angle droit supérieur, il inscrivit son numéro : 22

Puis il prit une autre feuille et, à l'encre noire, écrivit :

PREMIÈRE NOTE CONCERNANT LA DISPARITION DU NUMÉRO 95

« Il est évident que le numéro 95 s'est enfui dans le but de rallier les États-Unis d'Amérique. Bien que je le souhaite, je ne crois sincèrement pas qu'il y parvienne. D'abord, le numéro 95, par lui-même, et en raison de ses qualités d'imagination, manque trop d'esprit pratique pour mener à bien une pareille tentative. Il n'avait pas d'argent : où en trouvera-t-il ? Pas de passeport : comment s'en fera-t-il délivrer un ? Il n'a même pas songé à se procurer un faux état civil (Il nous l'aurait dit, tout de même, j'espère !). Il ne peut donc pas songer à s'embarquer régulièrement. Et le bagage indispensable ? Il n'a même pas le bagage indispensable ! En admettant qu'il réussisse à gagner Le Havre ou un port quelconque, peut-il prendre du service en tant que mousse[2] *ou homme à tout faire sur un cargo ? Pas une chance sur mille ! Sa faible constitution le fera refuser. Reste une possibilité : qu'il se cache à*

1. Point de départ, naissance de cette association.
2. Apprenti sur un bateau.

bord d'un paquebot et fasse la traversée comme "stowaway[1] *". Mais manger ? Comment se débrouillera-t-il ? Et même si, d'une façon ou d'une autre, il arrive à tenir le coup jusqu'à New York ? Les formalités de débarquement, la vérification des identités ? Ils sont très stricts, là-bas. De plus, il n'a pas de répondant*[2] *aux U.S.A. Enfin, son anglais est très insuffisant.*

« Conclusion pratique :

« Cette tentative est vouée à un échec certain.

« Rédigé par moi, à minuit, etc. »

Il se relut, data, apposa le cachet des Chiche-Capon, marqua son numéro au dos du document, plaça les deux feuillets dans le coffret, rangea toutes choses et, furtivement, comme il était venu, remonta au dortoir.

Il se pencha au chevet de Baume. Le numéro 7 ne dormait pas. Il attendait son retour. Macroy lui coula à l'oreille : « Demain, on aura à causer », et s'en fut se remettre au lit.

À cette même minute, une forme se mouvait précautionneusement dans le couloir du second. Une main ouvrait sans bruit la porte de la classe de sciences naturelles. Un briquet claquait, sa lueur frappait un placard vitré, tirait de la nuit le rictus[3] horrible du squelette que les élèves, depuis des années, avaient baptisé Martin.

---

1. Passager clandestin.
2. Personne responsable.
3. Grimace.

Boileau-Narcejac (1906-1989)
Sans-Atout et le cheval fantôme, 1971

Quand François, dit Sans-Atout, revient pour les vacances dans la propriété familiale de Kermoal, les Jaouen, fidèles gardiens, lui disent être effrayés par l'apparition nocturne d'un cheval fantôme. François veut élucider ce mystère.

Veillée d'armes

Ils se sont installés dans la chambre de François. Une flambée crépite joyeusement, mais ils sont tendus, anxieux. Jean-Marc a amené des fauteuils de la chambre voisine. Jaouen a apporté un pichet de cidre et Marguerite, des crêpes. De temps en temps, de grands éclairs bleus les font sursauter tous les quatre. C'est la tempête d'équinoxe, avec ses rafales, ses brusques accalmies et, à nouveau, ses assauts qu'un grondement de tonnerre accompagne parfois.

François essaie de réfléchir, de se concentrer, mais ses pensées s'évadent. Elles courent la campagne. Devant une situation absurde, comment former une idée sensée ? François a beau faire, il imagine toujours un cheval vrai, de chair et d'os. Il songe, par exemple, à tirer sur lui, avec le fusil de chasse de Jaouen. Ou bien, il se dit : « Si l'on tendait une corde, un fil de fer, sur son passage ? » Son esprit se refuse à admettre que ce cheval n'a pas d'épaisseur, de consistance, de substance. Peut-être n'existe-t-il que dans la tête de ceux qui écoutent ?

Marguerite, quand elle n'égrène pas son chapelet, emplit les verres, offre des crêpes. Jean-Marc surveille sa montre. Jaouen fume, à lourdes bouffées. François marche, de la cheminée à la fenêtre, de la fenêtre à la cheminée. Le bruit du vent risque de masquer celui des sabots et, comme la lune demeure invisible, on veille peut-être pour rien. En revanche, le cheval laissera sûrement des traces sur le sol mouillé. Ou bien, il ne viendra pas. Et François recommence à ruminer les mêmes pensées : « … ce n'est pas un cheval… si, c'est bien un cheval… il n'y a peut-être pas de cheval du tout… J'éluciderai ce mystère… Il y a là quelque chose qui nous dépasse… » Litanie[1] de l'impuissance !

– Ça ne va pas tarder ! annonce Jean-Marc.

Marguerite pousse un gémissement. Jaouen vide sa pipe sur la pierre du foyer et s'embusque au coin de la fenêtre.

– Il fait noir comme dans un four, grogne-t-il.

– On pourrait ouvrir les persiennes, propose Jean-Marc.

– Non, crie Marguerite. J'aurais trop peur !

Son mari hausse les épaules et, tout doucement, écarte les persiennes. Mais la bourrasque les referme aussitôt. Alors Jaouen prend les grands moyens ; il claque les persiennes sur les murs, les accroche solidement. Un coup de vent se rue dans la chambre et une gerbe d'étincelles jaillit dans la cheminée. La nuit est entrée, froide, humide, vivante. La mer roule puissamment, à l'angle du château.

– Mon Dieu ! Mon Dieu ! répète Marguerite, en allant se blottir dans l'angle le plus reculé de la pièce.

– Minuit moins trois ! dit Jean-Marc.

Comment ce cheval de l'au-delà peut-il savoir l'heure ? La lune se montre, soudain, au milieu d'une flaque de ciel clair, laissant apercevoir des nuages qui s'effilochent à toute allure.

– Le voilà, murmure Jaouen.

---

1. Longue énumération, répétition monotone.

Ils se pressent tous les trois devant la fenêtre. Ils se penchent. Ils se tiennent par les épaules comme pour mieux affronter le danger. Un hennissement retentit du côté de la grille. Ils tendent l'oreille. Plus rien.

– C'est le mur qui nous empêche d'entendre, chuchote Jean-Marc.

La lune disparaît brusquement derrière des nuées molles et des gouttes d'eau les frappent au visage.

– Oh ! Cette fois, c'est lui ! dit Jean-Marc.

– Chut !

Ils se penchent davantage. Oui ! Les sabots résonnent sur le sol. On a l'impression que le cheval caracole[1] ou bien qu'il prend peur et amorce un galop tout de suite retenu. Ce ne sont pas du tout les mêmes bruits que la veille. Parce que les yeux ne distinguent rien, les sons prennent un relief angoissant. Le cheval trotte, il va passer l'angle du mur.

– Il suit toujours le même itinéraire, remarque Jaouen, à voix basse.

– Chut !

Le voilà arrêté. Il gratte le sol d'un fer irrité, souffle, agite la tête. Le cliquetis de la gourmette[2] leur parvient nettement et jusqu'au grincement des cuirs. Il se rapproche. Encore un hennissement étouffé, puis un temps de trot qui l'amène sous la fenêtre. Il respire bruyamment, comme s'il était maîtrisé par une poigne de fer. Il s'agite sur place, recule. Cette fois, ils sentent tous les trois que la bête est montée par un invisible cavalier.

Soudain, éclate un éclair intense, qui illumine la lande déserte, le pied de la muraille, et les trois visages qui se jettent en arrière du même mouvement. La détonation roule, se répercute en échos qui s'enfoncent

1. Fait des sauts.
2. Chaînette qui réunit les deux parties du mors.

de plus en plus loin. Le cheval n'a pas bougé. Il est toujours là, arrêté au même endroit que la veille. Il mâche son mors et piaffe, de temps en temps.

– Revenez ! supplie Marguerite, du fond de la chambre.

Ellery Queen (1905-1971 et 1905-1982)
Le Char de Phaéton, 1992

Parce qu'il accepte d'aider son ami l'avoué Thorne, l'enquêteur Ellery Queen se retrouve prisonnier de Long Island et de la neige. Thorne accompagne une jeune femme, Alice Mayhew, à laquelle son père vient de léguer un trésor caché dans sa « Maison Noire », et abandonnée depuis sa mort. Ils sont pris en charge par l'oncle, le Dr Reinach, qui semble bien bizarre. Mais le plus étrange advient quand, au cours d'une nuit, la maison noire disparaît.

La journée fut interminable et confuse. Le monde extérieur était de plus en plus étouffé dans la neige ; l'air semblait un bloc compact de blancheur, le ciel même paraissait s'être ouvert pour lâcher toutes ses réserves de neige, présentes et futures.

À midi, le jeune Keith réapparut, toujours maussade et taciturne. Il avala quelque chose de chaud et, sans explication, regagna sa chambre. Le Dr Reinach déambula en silence pendant quelque temps, puis il disparut. Il ne rentra que pour le dîner, muet, trempé et crotté. Plus le temps passait, moins on parlait. Thorne, en désespoir de cause, s'empara d'une bouteille de whisky. À huit heures, Keith redescendit, se fit chauffer du café, en but trois tasses et remonta. Le Dr Reinach semblait avoir perdu sa bonne humeur ; il était morose, hargneux, même ; il n'ouvrait la bouche que pour rabrouer sa femme.

La neige tombait toujours.

Ils montèrent se coucher de bonne heure, peu désireux de prolonger la soirée.

À minuit, la tension était devenue trop forte, même pour les nerfs d'acier d'Ellery. Depuis plusieurs heures, il arpentait sa chambre, tisonnait le feu, passait en revue dans son esprit toutes les hypothèses qui s'échelonnaient entre l'improbabilité et l'invraisemblance criante. Il avait une migraine effroyable. Il n'était pas question pour lui de dormir.

Poussé par un instinct qu'il n'essaya même pas d'analyser, il enfila son pardessus et sortit dans le corridor glacé.

La porte de Thorne était fermée ; Ellery entendait le lit du vieil avoué[1] qui craquait et grinçait sous son poids. Il faisait noir comme dans un four et Ellery avançait à tâtons. Soudain, son orteil se prit dans un accroc du tapis ; pour retrouver l'équilibre, il fit un effort qui l'envoya heurter le mur avec un bruit sourd, tandis que ses talons frappaient la plinthe avec fracas.

Il ne s'était pas encore redressé quand il entendit un cri étouffé poussé par une voix de femme. Le cri venait de l'autre côté du couloir, de la chambre d'Alice Mayhew, semblait-il. C'était une exclamation si faible et en même temps si pleine de terreur, qu'il traversa le couloir d'un bond, cherchant une allumette dans sa poche. Il trouva en même temps la porte et l'allumette. Il craqua celle-ci et ouvrit le battant. Il s'arrêta sur le seuil, éclairé par la faible lueur vacillante.

Alice était assise dans son lit, le couvre-pied ramené jusqu'à ses épaules ; ses yeux brillaient dans la pénombre. Devant le tiroir ouvert d'une commode, qu'il venait d'être surpris en train de fouiller, se tenait le Dr Reinach tout habillé, les souliers boueux, les yeux mi-clos dans un visage inexpressif.

– Ne bougez pas, docteur, s'il vous plaît, dit Ellery au moment où son allumette s'éteignait. Mon revolver est inutilisable en tant qu'arme à feu, mais il peut encore servir comme instrument contondant[2].

Il s'avança vers une petite table sur laquelle il avait remarqué une

1. Officier de justice.
2. Qui blesse par choc, sans couper ni percer.

lampe à pétrole, frotta une autre allumette, alluma la lampe et se recula, toujours dos à la porte.

– Oh ! merci, murmura Alice.

– Que s'est-il passé, miss Mayhew ?

– Je… je ne sais pas. Je dormais mal. Je me suis réveillée il y a un instant en entendant craquer le parquet, et vous êtes entré. Comme je vous remercie ! s'écria-t-elle soudain.

– Mais vous avez crié ?

– Ah ! (Elle soupira comme un enfant fatigué.) Je… Oncle Herbert ! s'exclama-t-elle soudain. Que faites-vous dans ma chambre ?

Les yeux du gros homme s'ouvrirent, respirant une aimable innocence ; il retira sa main du tiroir et le ferma, puis redressa sa corpulence éléphantine.

– Ce que je faisais, ma chère enfant ? ronronna-t-il. Mais je suis venu voir comment vous alliez. (Ses yeux étaient fixés sur la ligne blanche des épaules d'Alice qui dépassaient du couvre-pied.) Vous avez été si déprimée toute la journée… J'étais poussé par un instinct tout à fait paternel. Je regrette de vous avoir fait peur.

– Docteur, soupira Ellery, je crains de ne vous avoir mal jugé. Ce que vous venez de dire n'est pas malin, c'est même franchement stupide. Vos paroles se ressentent sans doute de la confusion bien compréhensible où vous vous trouvez. Miss Mayhew n'a guère de chances de se trouver dans le tiroir d'une commode, si grand soit-il. Cet individu a-t-il porté la main sur vous ? demanda-t-il à Alice avec véhémence.

– Sur moi ? (Elle eut un sursaut de répugnance.) Non. S'il m'avait touchée dans l'obscurité, je… je crois que je serais morte !

– Trop aimable ! dit le Dr Reinach d'un air vexé.

– Alors, que cherchiez-vous, docteur ? demanda Ellery.

Le gros homme pivota de façon à avoir la porte à sa droite.

– J'ai l'oreille droite très dure, c'est bien connu, dit-il en riant. Bonne nuit, Alice, faites de beaux rêves. Voulez-vous me laisser passer, Don Quichotte ?

Ellery ne quitta pas des yeux le visage inexpressif du gros homme jusqu'à ce que la porte se fût refermée. Le dernier écho du rire du docteur se dissipa. Ellery et Alice restèrent un moment silencieux.

Alice s'enfonça dans son lit et serra le couvre-pied à deux mains.

– Je vous en prie, Mr Queen ! Emmenez-moi dès demain. C'est sérieux. Vraiment. Je… je ne peux pas vous dire comme tout cela me fait peur. Chaque fois que je pense à… à… Comment peut-il arriver des choses pareilles ? Nous ne sommes pas dans un endroit normal. Nous deviendrons tous fous si nous restons ici davantage. Vous allez m'emmener, dites ?

– Êtes-vous effrayée à ce point, miss Mayhew ? demanda doucement Ellery en s'asseyant au bout du lit.

– Je meurs de peur, souffla-t-elle.

– Dans ce cas, Thorne et moi ferons de notre mieux demain. (Il lui tapota le bras à travers le couvre-pied.) Je regarderai si je puis réparer la voiture. Il paraît qu'il reste un peu d'essence dans le réservoir. Nous roulerons aussi longtemps que nous le pourrons et nous finirons la route à pied.

– Mais avec si peu d'essence… Oh ! et puis, tant pis ! (Elle le regardait avec de grands yeux.) Croyez-vous qu'il nous laissera faire ?

– Qui ça, il ?

– Celui qui…

Ellery se leva en souriant.

– À chaque jour suffit sa peine. Tâchez de dormir un peu ; la journée sera fatigante.

– Croyez-vous que je… Est-ce qu'il…

– Laissez la lampe allumée et calez une chaise contre la poignée de la porte quand je serai parti. (Il regarda autour de lui.) À propos, miss Mayhew, possédez-vous quelque chose que le Dr Reinach aurait pu vouloir s'approprier ?

– Cela m'a intriguée, moi aussi. Je ne vois pas ce qu'il pouvait désirer me prendre. Je suis si pauvre, Mr Queen… Une vraie Cendrillon. Non, je n'ai rien… que les vêtements que j'ai apportés.

– Pas de vieilles lettres ? de vieux papiers ? de souvenirs ?

– Rien qu'une vieille photo de maman.

– Hum ! Le Dr Reinach ne me fait pas l'effet d'un tel sentimental. Eh bien, bonsoir ! N'oubliez pas la chaise. Je vous garantis que vous n'avez rien à craindre.

Il attendit dans l'obscurité glaciale du corridor de l'avoir entendue sortir de son lit et pousser sa chaise contre la porte avant de rentrer dans sa chambre.

Il y trouva Thorne, vêtu d'une robe de chambre élimée et qui faisait penser à un spectre lugubre et hagard.

– Salut, esprit errant ! Vous ne dormez pas non plus ?

– Dormir ! (L'avoué frissonna.) Comment un honnête homme pourrait-il dormir dans cette damnée maison ? Vous avez l'air bien guilleret.

– Pas guilleret, mais alerte. (Ellery s'assit et alluma une cigarette.) Je vous ai entendu vous agiter dans votre lit, il y a quelques instants. Est-il arrivé quelque chose pour vous en faire sortir par ce froid ?

– Non, rien, l'énervement. (Thorne se leva et se mit à arpenter la pièce.) D'où venez-vous ?

Ellery lui raconta l'épisode.

– Ce Reinach est un homme remarquable, conclut-il, mais nous ne devons pas nous laisser dominer par notre admiration. Il va falloir renoncer, Thorne ; pour le moment, tout au moins. J'avais espéré... Enfin ! J'ai promis à cette pauvre fille. Nous partirons demain comme nous pourrons.

– Et, au mois de mars, une expédition de secours retrouvera nos cadavres raidis par le froid. Merci bien ! dit Thorne piteusement. Sauf que, après tout, la mort par congélation est peut-être encore préférable à cette affreuse maison. Je dois avouer que vous me décevez un peu, Queen, ajouta-t-il en le regardant bizarrement. Après tout ce que j'avais entendu raconter sur vos talents professionnels...

– Je n'ai jamais eu la prétention d'être un magicien ou un théologien[1], dit Ellery en haussant les épaules. Ce qui s'est passé, ou bien relève de la magie la plus noire, ou bien est la preuve tangible qu'il y a des miracles.

– On le dirait, grommela Thorne. Pourtant, si on y réfléchit sérieusement... Que diable, la raison s'y oppose !

– Je vois que l'homme de loi réapparaît en vous après la première émotion, dit sèchement Ellery. Je reconnais que c'est bien dommage d'être obligés de partir. J'ai horreur de capituler, surtout en ce moment.

– En ce moment ? Que voulez-vous dire ?

– Vous n'avez sans doute pas encore suffisamment repris vos esprits pour analyser correctement ce petit problème. Aujourd'hui, j'y ai réfléchi. La solution m'échappe encore, mais je suis près du but... très près, ajouta-t-il doucement.

---

1. Spécialiste de la question religieuse.

– Vous voulez dire que vous avez vraiment…

– C'est une affaire étonnante, dit Ellery, vraiment extraordinaire… Il n'y a pas de mots pour la décrire en termes adéquats. Si j'avais des dispositions religieuses… (Il souffla pensivement une bouffée de fumée.) Il faut aller aux éléments fondamentaux, comme dans tous les grands problèmes. Un pactole[1] est caché dans une maison. La maison disparaît. Pour trouver l'or, il faut d'abord trouver la maison. Je crois…

– À part vos simagrées[2] avec le balai de Keith, l'autre matin, je ne me souviens pas que vous ayez fait grand-chose pour cela, s'écria Thorne. Trouver la maison, c'est bien joli !… Vous êtes resté assis à attendre… je ne sais quoi.

– Exactement.

– Quoi ?

– Attendre. Voilà mon ordonnance, mon ami. C'est par un sceau magique que nous exorciserons le démon de la Maison Noire.

– Le sceau ? Le démon ? répéta Thorne en ouvrant de grands yeux.

– Attendre. Voilà tout. Dieu sait si j'attends !

Thorne semblait intrigué et soupçonneux ; il paraissait redouter quelque mauvaise plaisanterie, née du simple amour de la contradiction de son ami. Ellery fumait toujours paisiblement.

– Attendre ! Attendre quoi, grands dieux ? Vous êtes encore plus exaspérant que cet horrible obèse. Qu'est-ce que vous attendez ?

Ellery le regarda. Il se leva, lança son mégot dans les tisons et posa la main sur le bras du vieil homme.

– Allez vous coucher, Thorne. Si je vous le disais, vous ne me croiriez pas.

---

1. Trésor.
2. Grimaces, chichis.

– Queen, il faut me le dire ! Si je n'arrive pas à voir clair rapidement dans cette affaire, je deviendrai fou.

Ellery parut surpris sans raison apparente. D'une manière tout aussi inexplicable, il frappa sur l'épaule de Thorne en éclatant de rire.

– Allez vous coucher ! répéta-t-il en pouffant.

– Mais il faut m'expliquer…

Ellery soupira en reprenant son sérieux.

– Impossible, cela vous ferait rire.

– Je n'en ai pourtant pas envie.

– Et il n'y a pas de quoi, Thorne. Tout à l'heure, j'étais en train de vous dire que, si le pauvre pécheur que je suis avait des dispositions religieuses, il serait devenu à tout jamais dévot[1] au cours de ces trois derniers jours. Mon cas doit être désespéré. Mais tout de même, j'aperçois là-dedans un pouvoir surnaturel…

– Cabotin ! grogna le vieil avoué. Prétendre apercevoir la main de Dieu dans… Ne blasphémez[2] donc pas ! Nous ne sommes pas tous aussi païens[3] que vous.

Ellery regarda par la fenêtre la nuit sans lune et la grisaille étincelante du paysage couvert de neige.

– La main de Dieu ? murmura-t-il. Non, Thorne, si cette affaire est résolue, ce sera par… par un char.

– Un char ? répéta faiblement Thorne. Un char ?

– C'est une façon de parler. Je veux dire par le char de Phaéton[4].

---

1. Religieux.
2. Insultez Dieu.
3. Incroyants.
4. Phaéton, fils du Soleil, obtint de ce dernier le droit de conduire son char.

Roman noir, série noire

Raymond Chandler (1888-1959)
The Long Goodbye, 1953

Philip Marlowe est l'archétype du détective privé américain, un « loup solitaire, célibataire, bientôt entre deux âges et fauché. » C'est en ces mots qu'il se présente à Howard Spencer, agent littéraire, désespéré par le comportement d'un écrivain sous sa responsabilité, un certain Wade.

Le rêve que j'avais devant moi n'appartenait à aucune de ces catégories, ni même à ce monde dont nous faisions partie. Elle était inclassable, aussi inaccessible et limpide qu'un torrent de montagne, aussi indéfinissable que sa couleur. Je la contemplais encore, quand une voix déclara tout près de moi :

– Je suis horriblement en retard. Je vous prie de m'excuser, mais voilà les responsables. Je me présente : Howard Spencer. Vous êtes Marlowe, bien entendu ?

Je détournai la tête et le regardai. Il était âgé d'environ quarante ans, le visage large, plutôt replet, vêtu sans aucune recherche, mais rasé de frais et sa chevelure clairsemée était rejetée avec soin en arrière. Il arborait un gilet croisé plutôt voyant, ce genre de vêtement qu'on ne voit pratiquement jamais en Californie sauf, peut-être, sur le dos d'un Bostonien[1] de passage. Il portait des lunettes sans monture et tapotait une serviette éculée qui contenait de toute évidence les responsables en question.

1. Habitant de Boston, ville de la côte est des États-Unis, symbole d'une certaine élégance.

– Trois interminables manuscrits inédits. Des romans. Ce serait fâcheux de les perdre, avant même d'avoir pu les refuser !

Il fit un signe au vieux serveur qui venait de déposer un grand verre plein de je ne sais quel liquide émeraude devant mon apparition.

– J'ai un faible pour le gin-orange. Un cocktail plutôt bête, entre nous. Vous en prenez un aussi ? Parfait.

J'inclinai la tête et le vieux serveur s'éloigna à petits pas.

Désignant sa serviette, je lui demandai :

– Comment savez-vous que vous allez les rejeter ?

– S'ils étaient bons, les auteurs ne les auraient pas déposés en personne à mon hôtel. Ils se trouveraient chez un agent de New York.

– Alors, pourquoi les avez-vous emportés ?

– En partie pour ne pas blesser des susceptibilités. En partie, en songeant à cette unique chance sur mille que guettent tous les éditeurs. Mais, surtout, vous assistez à un cocktail, on vous présente à toutes sortes de gens, certains sont auteurs de romans et vous êtes juste assez imbibé[1] pour vous sentir bienveillant et plein d'amour pour la race humaine, alors vous dites que vous seriez enchanté de voir le manuscrit. Ensuite, le voilà déposé à votre hôtel avec une célérité[2] écœurante telle que vous êtes contraint d'en amorcer la lecture. Mais je ne pense pas que vous vous intéressiez beaucoup aux éditeurs et à leurs problèmes.

Le garçon apporta les consommations. Spencer empoigna son verre et avala une large lampée. Il semblait ne pas voir la fille aux cheveux d'or. C'était sur moi que se concentrait toute son attention. Il savait écouter.

– Si cela fait partie du travail, dis-je, je suis capable de lire un bouquin de temps à autre.

---

1. Ivre, saoul.
2. Rapidité.

– Un de nos auteurs les plus importants habite dans la région, reprit-il distraitement. Vous avez peut-être lu ses livres. Roger Wade.

Je fis entendre un vague grognement.

– Je vois ce que vous voulez dire. (Il eut un sourire mélancolique.) Vous n'êtes pas très porté sur les romans historiques, mais ça se vend comme des petits pains.

– Mais je ne veux rien dire du tout, monsieur Spencer. J'ai parcouru un de ses bouquins une fois. J'ai trouvé que c'était de la foutaise. J'ai peut-être tort de dire ça ?

– Oh ! non, dit-il en souriant. Bien des gens sont de votre avis. Mais en fait, en ce moment, le moindre livre de lui est un best-seller[1]. Et dans l'état actuel des choses, aucun éditeur ne peut se passer d'en avoir quelques-uns.

Je jetai un coup d'œil à la fille aux cheveux d'or. Elle avait fini son breuvage indéfinissable et consultait sa minuscule montre-bracelet. Le bar se remplissait peu à peu, mais sans devenir trop bruyant. Les deux requins de la pellicule[2] faisaient toujours des moulinets et le buveur solitaire sur son tabouret de bar était flanqué de deux copains. Je revins à Howard Spencer.

– Quel rapport avec votre problème ? lui demandai-je. Je veux dire, ce Wade ?

Il hocha la tête et m'inspecta avec soin.

– Parlez-moi un peu de vous, monsieur Marlowe. C'est-à-dire, si vous trouvez ma question acceptable.

– Sous quel angle ? répondis-je. Je suis détective privé, et depuis pas mal de temps. Je suis un loup solitaire, célibataire, bientôt entre deux âges et fauché. Je me suis retrouvé en taule plus d'une fois et je

---

1. Livre qui est en tête des ventes.
2. Hommes d'affaires dans l'industrie cinématographique.

ne m'occupe pas d'affaires de divorce. J'aime l'alcool, les femmes, les échecs et quelques autres petites choses. Les flics ne m'aiment guère, mais j'en connais deux avec lesquels je m'entends. Je suis un fils du pays, né à Santa Rosa[1], mes parents sont morts ; je n'ai ni frère ni sœur, et si je me fais assommer au fond d'une impasse un jour, comme ça pourrait arriver à n'importe qui dans mon métier, comme d'ailleurs à des tas de gens dans d'autres métiers ou même sans métier, personne ne se dira que sa vie a perdu son sens.

– Je vois, fit-il, mais ça ne me dit pas vraiment ce que je voudrais savoir.

Je finis mon gin-orange – je n'en aimais pas le goût.

– J'ai laissé de côté un détail, monsieur Spencer, dis-je avec un sourire. J'ai un portrait de Madison dans ma poche.

– Un portrait de Madison ? Je crains de ne pas…

– Un billet de cinq mille dollars. Je l'ai toujours sur moi. C'est un porte-bonheur.

– Bon Dieu, fit-il d'une voix assourdie. Ce n'est pas terriblement dangereux ?

– Qui a dit qu'au-delà d'un certain point tous les dangers se valaient ?

– Je crois que c'est Walter Bagehot[2]. Il parlait d'un bâtisseur de gratte-ciel. (Il eut un sourire.) Désolé, mais je suis éditeur. Vous êtes un homme à la hauteur, Marlowe. Je mise sur vous. Si je ne le faisais pas, vous m'enverriez promener, non ?

Je lui rendis son sourire. Il appela le garçon et commanda deux autres verres.

---

1. Ville de Californie.
2. Journaliste politique et économique du XIXe siècle.

– Voilà, dit-il avec sérieux. Roger Wade nous donne de gros soucis. Il est incapable de finir un bouquin. Il perd tous ses moyens et ça cache quelque chose. Il a des crises de soûlographie effroyables et devient périodiquement fou furieux. De temps en temps, il disparaît pendant plusieurs jours. Récemment, il a précipité sa femme dans l'escalier. Il a fallu la transporter à l'hôpital, avec cinq côtes cassées. Pourtant, ils s'entendent très bien, mais quand il boit, ce type est complètement déchaîné. (Spencer se renversa dans son fauteuil et me regarda d'un air sombre.) Il faut absolument que ce livre soit terminé. Jusqu'à un certain point, ma situation en dépend… mais nous voulons aussi sauver un écrivain réellement doué. Il est loin d'avoir donné le meilleur de lui-même. Il ne tourne vraiment plus rond. Cette fois-ci, il a même refusé de me voir. Je reconnais que son cas semble plutôt relever du psychiatre, mais sa femme ne veut pas en entendre parler. Elle est persuadée qu'un très grave souci le ronge, quelque incident de son passé, par exemple. Il pourrait s'agir d'un chantage. Les Wade sont mariés depuis cinq ans. Il se pourrait, par exemple, qu'une histoire d'accident de la route fatal le poursuive, que quelqu'un le tienne à la gorge. Enfin, nous voulons savoir et nous sommes prêts à payer largement. S'il s'avère que la médecine seule y peut quelque chose, dans ce cas-là, évidemment… Mais dans le cas contraire, il faut trouver l'explication. Entre-temps, Mme Wade doit être protégée. La prochaine fois, il peut la tuer, on ne sait jamais.

La deuxième tournée de consommations arriva. Je ne touchai pas à mon verre et le regardai absorber la moitié du sien d'une lampée. Puis j'allumai une cigarette et continuai à l'observer.

– Ce n'est pas un détective qu'il vous faut. C'est un magicien, ripostai-je. Qu'est-ce que je pourrais foutre, bon Dieu ? Si je me trouvais là au moment précis, et en admettant que j'arrive à le maîtriser, en cas de besoin je pourrais l'estourbir[1] et le mettre au lit ; mais il faudrait être là tout le temps ; vous vous rendez compte ? C'est un pari à 100 contre 1. Vous le savez.

– Il est à peu près de votre taille, dit Spencer, mais il est loin d'avoir votre forme. Et vous pourriez être là-bas tout le temps.

– Difficilement. Sans compter que les ivrognes sont malins, il choisirait le moment où je ne serais pas là pour exécuter son numéro, ça ne fait pas un pli. Ce n'est pas mon métier de jouer les infirmiers.

– Un infirmier ne servirait à rien. Roger Wade ne l'accepterait pas. C'est un garçon de grand talent, mais il a été ébranlé au point qu'il ne sait plus se maîtriser. Il a amassé trop d'argent en écrivant des âneries pour des demeurés[2]. Mais la seule planche de salut pour un écrivain, c'est d'écrire. S'il a quelque chose de valable à dire, il le sortira.

– Ça va, je suis emballé, dis-je avec lassitude. Il est formidable, mais il est aussi rudement dangereux. Il couve un noir secret et il essaie de le noyer dans l'alcool. Ce genre de problème me dépasse, monsieur Spencer.

– Je vois. (Il jeta un coup d'œil à sa montre d'un air contrarié qui parut soudain le vieillir.) Enfin vous ne pouvez pas me reprocher d'insister.

Il tendit la main vers sa serviette. Je regardai la fille blonde du coin de l'œil. Elle se préparait à partir. Le garçon chenu[3] lui tendait son addition. En payant elle lui adressa un sourire délicieux. À le voir, on aurait cru qu'il venait de serrer la main à Dieu le Père. Elle retoucha

1. Assommer.
2. Imbéciles.
3. Dont les cheveux ont blanchi avec l'âge.

son maquillage, passa ses gants blancs et le garçon écarta la table pour la laisser passer.

Je me retournai vers Spencer. Les sourcils froncés, il contemplait son verre vide sur la table. Sa serviette était posée sur ses genoux.

– Écoutez, dis-je, je vais me pencher sur votre problème, et je tâcherai de voir ce qu'il a dans le ventre, si vous y tenez. Je parlerai à sa femme également. Mais à mon avis, il me foutra à la porte.

Une voix – qui n'était pas celle de Spencer – déclara :

– Non, monsieur Marlowe. Je ne crois pas qu'il ferait ça. Au contraire, je pense que vous lui plairiez.

Je levai la tête et mon regard plongea au fond de deux grands yeux violets. Elle se tenait debout devant nous. Je me levai et restai penché en avant, coincé entre la banquette et la table.

– Je vous en prie, restez assis, dit-elle d'une voix aussi suave que la musique des ondes éthérées[1]. Je sais que je vous dois des excuses, mais il me semblait très important de pouvoir vous observer avant de me présenter. Je suis Eileen Wade.

– Ça ne l'intéresse pas, Eileen, dit Spencer d'une voix morose.

– Je crois que vous avez tort, dit-elle en souriant.

Je finis par me ressaisir. J'étais resté là, cassé en deux, la bouche ouverte comme un collégien. C'était vraiment un morceau de roi. De près, elle me coupait le sifflet.

– Je n'ai pas dit que ça ne m'intéressait pas, madame Wade. Ce que j'ai dit, ou, du moins, ce que j'ai voulu dire, c'est que je ne voyais pas à quoi je pourrais servir et je commettrais peut-être une grosse erreur en essayant. Je risquerais de faire un sérieux gâchis.

Elle était devenue très sérieuse. Son sourire s'était évanoui.

---

1. Célestes, qui traversent l'air.

– Vous vous décidez trop vite. Vous ne pouvez pas juger les gens d'après ce qu'ils font. Si vous voulez vraiment les juger, faites-le d'après ce qu'ils sont.

J'acquiesçai vaguement. C'était exactement l'idée qui m'était venue à propos de Terry Lennox. À en juger par les faits, ce n'était pas le client rêvé, mis à part cette étincelle de gloire au fond de sa tranchée[1] – si Menendez avait dit la vérité à ce sujet –, mais les faits ne suffisaient pas, de loin, à retracer son histoire. Ce type avait été un homme impossible à détester. Combien en rencontre-t-on dans la vie dont on puisse en dire autant ?

– Et pour cela, poursuivit-elle, il faut commencer par les connaître. Au revoir, monsieur Marlowe. Si jamais vous changez d'avis… (Elle ouvrit son sac d'un geste vif et me tendit une carte.) Et merci d'être venu.

Elle fit un signe de tête à Spencer et s'éloigna. Je la regardai sortir du bar et rentrer dans la salle à manger. Elle avait une démarche de reine. Je la vis tourner sous le porche cintré pour gagner le hall et j'eus un fugitif aperçu de l'ourlet de sa jupe de lin blanc. Puis je me renfonçai dans la banquette et tendis la main vers mon gin-orange.

Traduction de Janine Hérisson et Henri Robillot.

1. Allusion à la guerre de 1914-1918.

Didier Daeninckx (1949)

Matin de canicule, 2007

C'est un accident qui conduit le héros de cette histoire dans le quartier de la porte de Montreuil et le ramène à son passé : ses amours avec Marion… Il rencontre la fille de celle-ci, Cathy. Et, comme le lui dit le patron du bar où il s'est installé, « parler de sa mère à Cathy, c'est pas la meilleure idée de la journée »… En effet, Marion a été « salement assassinée », vingt ans auparavant.

J'ai payé mes consommations puis j'ai marché dans le quartier, sans but, m'arrêtant devant des chantiers de logements, un atelier de marbrerie occupé par un collectif d'artistes, une chaudronnerie transformée en brocante. À un moment donné, j'ai réussi à me repasser, sans trembler, le film de l'accident du matin, sur le périphérique, avec la dérive du bras mort au-dessus de l'asphalte. Je tenais le choc. J'aurais pu reprendre la voiture, filer sur Lille. Il était encore temps de tracer la route pour assister à la remise des Griffes d'Or, sourire aux photographes, rencontrer le producteur disposé à ouvrir la voie royale des States[1] à mes taupes aveugles… Au lieu de ça, je me suis attablé à la terrasse du Zitouna, d'où la vue plonge sur un Paris troublé par les brumes de chaleur. J'ai commandé une assiette de semoule sèche, avec du beurre, accompagnée de brochettes d'agneau.

L'orage n'a cessé de s'appesantir sur la région pendant toute la journée, ne dispensant que quelques gouttes, quelques grondements, pour entretenir l'espoir d'une délivrance. À la nuit tombée, des groupes,

1. États-Unis.

des couples, ont commencé à envahir la cour intérieure de Planète Andalucía[1]. Je suis allé prendre une sangria au bar, quelques tapas. Je me suis assis devant la silhouette noire d'un de ces taureaux de publicité qui veillent sur les paysages d'Espagne depuis les sommets des montagnes. Le flot sonore de guitares qu'on accorde inondait par à-coups l'espace quand un technicien ou un serveur poussait la porte de la salle de répétition. On a fini par entrer dans un ancien atelier surchauffé par les alignements de projecteurs. Une trentaine de tables décorées de nappes rouges étaient disposées en forme de fer à cheval autour d'un praticable[2] recouvert de parquet. Les murs de brique vernie disparaissaient sous une profusion d'affiches annonçant des spectacles taurins. Dès que tout le monde a été installé, la lumière s'est concentrée sur le devant de la scène. Les deux guitaristes sont venus s'asseoir l'un à côté de l'autre, vestes sombres à doublure sang, cheveux longs et crantés. Puis la chanteuse, une longue mantille blanche ajourée posée sur sa robe écarlate, a pris place au milieu de l'espace, bientôt rejointe par le *palmero*[3], tout habillé de noir, qui est resté debout près d'elle. Dario Arboleda, le danseur, un homme d'une cinquantaine d'années, petit et finement musclé, s'est avancé. Il a saisi une chaise qu'il a fait virevolter avant de s'asseoir, les pieds joints posés à plat sur le sol, les genoux serrés. Le visage impassible, il a commencé à frapper le parquet avec la canne qu'il tenait dans sa main droite. Bientôt, les claquements des talons ont accéléré le rythme, puis le *palmero* s'est joint aux battements en modulant le son né au creux des paumes. Les guitares sont entrées dans la danse tandis que montait la voix de la chanteuse. Le danseur s'est dressé pour une sorte

1. Nom de la « boîte » de flamenco.
2. Plate-forme amovible.
3. Musicien de flamenco qui tape dans ses mains.

de piétinement saccadé, toujours accompagné par le martèlement de sa canne. J'étais subjugué par sa maîtrise, et plus encore par le *palmero* dont le regard était comme absorbé par son lent déplacement. Il vivait la danse mieux que s'il l'avait exécutée, comprenant, une fraction de seconde avant que cela se dessine, quelle figure allait être improvisée. Cathy n'est entrée dans le cercle de lumière qu'après l'entracte pour une sorte de joute sévillane[1] avec l'homme à la canne, le corps cambré jetant les effluves d'un parfum capiteux[2], les bras levés en arrondi, les paumes tournées vers le public. J'avais produit un documentaire consacré au flamenco, pour Arte, des années plus tôt. Je me souvenais vaguement que les *sevillanas* se dansaient par série de quatre, symbolisant la rencontre, la séduction, la dispute, la réconciliation. Tout se compliquait avec des pas intermédiaires, et surtout la liberté d'improvisation qui allait paradoxalement de pair avec l'extrême codification du jeu. Je jetais encore des regards furtifs au *palmero*, dont le corps entier semblait aspiré par les figures qu'exécutait le couple de danseurs, mais je revenais aussitôt lire la joie, la passion, sur les traits de Cathy. Au final, lorsque le chant, la musique, la danse ont cessé simultanément, quand le couple se fige dans une position de défi amoureux, ce sont mes yeux qu'elle a cherchés. Elle a insisté pour renouer ce contact à distance, après la représentation, alors que je buvais une bière au bar et qu'elle échangeait ses impressions en compagnie d'Arboleda. Le public se dispersait vers le quartier des Tourelles, la porte de Montreuil, la rue du Progrès. Elle m'a pris par le bras.

– Vous allez dans quelle direction ?

– Lille, normalement…

---

1. Figure propre au flamenco qui a pour origine la ville andalouse de Séville.
2. Enivrant.

Elle a souri.

– On peut faire un bout de chemin ensemble ?

Les souvenirs ont afflué quand elle a poussé la porte d'entrée, que j'ai franchi les deux marches, traversé le couloir avec l'ouverture, sur la droite, pour accéder au jardin. Je me revoyais, plus tout à fait gamin, arrivant de la Boissière pour retrouver Marion, mais le récit du cafetier a lacéré[1] le tableau d'un grand jet écarlate, m'obligeant à me réfugier dans le présent. Elle m'a entraîné vers la chambre, a tiré le couvre-lit rouge sur des draps soyeux de même couleur. Ce fut alors comme une autre série de *sevillanas*, séduction, rejet, mouvement, offrande et refus, avant que plus rien n'existe que l'ordre, l'harmonie. Je me suis endormi, une main posée entre ses jambes, avec une autre femme, perdu dans les lambeaux de mes rêves. Une respiration oppressée m'en a brutalement arraché. J'ai ouvert les yeux. La clarté du jour naissant découpait la silhouette de Cathy dressée devant moi. Elle haletait en brandissant une hachette, du type de celle dont on se sert pour faire du petit bois. Je me suis soulevé dans les draps, le dos collé au montant du lit.

– Qu'est-ce que tu fais ?

– Assassin !

Elle a fait un pas en avant.

– Tu es folle ! Qu'est-ce que tu racontes…

– Tu as tué ma mère…

J'ai fait glisser ma jambe gauche, posé le pied sur le parquet.

– Je ne savais même pas qu'elle était morte. J'ai tout appris aujourd'hui… au café.

J'ai senti, à l'accélération brutale de sa respiration, qu'elle allait passer à l'attaque. Je me suis laissé tomber par terre tandis que le tranchant de

---

1. Déchiré.

son arme éventrait l'oreiller sur lequel reposait ma tête une fraction de seconde plus tôt. Lorsqu'elle s'est retournée, j'étais déjà dans le jardin. J'ai couru jusqu'au muret, escaladé un tas de bois pour le franchir, puis j'ai sauté dans une ruelle qui menait au parking tagué occupé par les caravanes. Une dizaine de Roms[1] étaient réunis près des voitures, pour profiter de la fraîcheur de la nuit. Ils ont levé la tête quand je suis passé devant eux en courant, totalement nu.

Une voiture de patrouille m'a ramassé deux cents mètres plus loin, rue Émile-Zola. Au commissariat, ils m'ont posé des centaines de questions auxquelles je n'ai pas répondu. Je leur ai parlé d'un bras en balade, sur le périphérique, au petit matin, des Griffes d'Or du festival de Lille, des taupes *Chrysochloridae amblysomus*, de la canne rythmique de Dario Arboleda, du regard acéré d'Isidoro Fernández, le *palmero*. Certains étaient d'avis de me transférer dans un service psychiatrique. On a fini par me jeter une couverture sur les épaules avant de m'inculper d'outrage à la pudeur. Ils m'ont relâché le dimanche soir. Dans la journée, un flic était allé récupérer un pantalon, une chemise et une paire de chaussures à ma pointure, aux puces. En arrivant devant l'Audi, sur la place, j'ai réalisé que les clés étaient restées dans la chambre de Marion, de Cathy, et que je n'avais pas un rond. J'ai repensé aux paroles du cafetier, à la gamine de jadis, prostrée, couverte de sang, près des cadavres de sa mère et de l'amant.

Je suis reparti à pied, sur le trottoir des Maréchaux, avec cette idée lancinante que les enquêteurs, à l'époque, n'avaient pas osé se dire simplement en regardant Cathy, « aux innocents les mains pleines… de sang ».

Dans *Histoires et faux-semblants*,
collection « Classiques & Contemporains », n° 108, Magnard.

1. Gens du voyage.

Daniel Pennac (1944)
La Fée carabine, 1987

Paris est depuis quelque temps le théâtre d'une très sombre affaire : des vieillards solitaires et consommateurs de drogues meurent de démence en hôpital psychiatrique. La police est à la recherche du dealer, mais l'enquête est compliquée par les protections dont semble bénéficier le véritable coupable…

Le patron comprenait de mieux en mieux. C'était comme un château de cartes qui s'effondrait au ralenti.

– Je trouvais bizarre qu'ils ne la repèrent pas. D'autant qu'elle n'était pas d'une grande discrétion. Et puis, je me suis dit : à moins qu'il soient là *pour la protéger*, cette enfant, pour lui éviter les risques du métier… Qu'est-ce que vous en pensez, Cercaire ?

– Ça va, continue.

– Je suis donc allé trouver Édith Ponthard-Delmaire, fort de ces hypothèses que je lui ai évidemment présentées comme des certitudes. Elle les a confirmées. Elle s'est mise à table. Elle a fait quelques difficultés pour signer sa déposition, mais j'ai une méthode, pour ça. Une méthode dont vous avez apprécié le résultat dans l'affaire Chabralle.

Plus un seul flocon de mousse dans la bière-Cercaire. Mais la bière stagnante toujours là, manquant tragiquement d'oxygène. Voix de Pastor :

– Avant d'aller trouver Édith Ponthard-Delmaire, j'ai fait un autre travail, très simple, administratif. Routine. Je voulais savoir de qui cette charmante enfant était la fille. Ponthard-Delmaire le père : architecte. Beau métier. Beaux discours, aussi. « Unité de l'homme et espace architectural »… c'est le titre d'une de ses conférences. « Que chaque appartement soit l'émanation[1] rythmique du corps qui le hante » (sic). C'est beau, non ?

– Continue. (Le verre est plein, la voix est sèche.)

– Oui. J'ai téléphoné à la Ville de Paris. Au cadastre[2]. Je me suis renseigné sur la nature des chantiers Ponthard-Delmaire dans la capitale. J'ai appris qu'il ne voulait pas défigurer Paris en construisant de nouveaux immeubles. (Ce dont on peut lui être reconnaissant quand on voit ce qu'il a fait de Brest et de Belleville.) Non, son architecture à lui est de « modelage interne ». En d'autres termes, conserver les formes architecturales extérieures de Paris, et rénover l'intérieur des appartements acquis par une filiale du cabinet. J'ai répertorié ces appartements. 2 800, au total. (Pour l'instant.) J'ai cherché à connaître leurs précédents propriétaires. À 97 %, il s'agissait de vieillards solitaires, décédés à l'hôpital et sans famille pour la plupart. J'ai téléphoné à quelques hôpitaux et cherché à savoir de quoi ces vieillards étaient morts. Morts de démence[3], presque tous. En hôpital psychiatrique. Appartements vacants…

Cette fois-ci, le silence était bel et bien celui de l'éternité. Le jeune homme sans âge qui se tenait là était propriétaire du temps.

– Je résume ? demanda-t-il.

Silence, évidemment, silence.

– Bon ; je résume. Voici l'affaire dans toute sa simplicité : Paris abrite entre ses murs un nombre impressionnant de vieillards solitaires et sans espoir. Si l'on récupère les appartements de ces vieillards au plus bas prix et qu'on les rénove selon les normes de l'architecture la plus humaine qui soit : l'architecture intime Ponthard-Delmaire, et si on les revend

1. Produit.
2. Ensemble de documents qui établit, par commune, la propriété foncière.
3. Folie.

au prix que justifie l'œuvre du maître, le bénéfice est de l'ordre de 500 à 600 %. Encore faut-il libérer les appartements. De quoi meurt un vieillard ? De vieillesse. Hâter cette vieillesse, lui faire prendre plus vite le virage final de la sénilité[1], est-ce un grand crime ? Discutable. Cela peut être aussi considéré comme une œuvre humanitaire. Voilà donc les consciences à l'abri et l'on peut enfin ouvrir les bourses du troisième âge au marché de la drogue. Je parle beaucoup. Je voudrais une troisième bière.

Un robot se lève. Un robot ouvre la porte du petit frigo. Un robot décapsule. Un robot se rassied.

– Cette reconversion du marché de la drogue de la jeunesse vers les vieillards est presque morale, et source d'énormes bénéfices. Clientèle insoupçonnable, protection du divisionnaire Cercaire, chargé de la répression des stupéfiants, bénédiction du Secrétariat d'État aux Personnes Âgées, un marché en or. Les dealers ? Facile à recruter. Il suffit d'utiliser ceux qui sont déjà fichés et que l'on tient. Avec interdiction de repiquer à la came. Des gens sûrs. Comme Édith Ponthard-Delmaire, par exemple. Et les payer correctement. On a les moyens.

Toujours la même lumière silencieuse, et la vérité de plus en plus vraie.

– Et puis voilà qu'une journaliste vient mettre son nez dans ce commerce… C'est la première tuile[2].

Oui, une sacrée tuile, l'éternel foutu grain de sable.

– Voilà, dit Pastor. C'est tout ce que je sais. J'ai fini.

Il ne se leva pas. Il restait là, buvant sa troisième bière, comme un champion de rodéo devant le beau mustang[3] noir, maté pour la vie.

1. Détérioration des facultés physiques et psychiques d'une personne âgée.
2. Problème.
3. Espèce de cheval.

– D'accord, Pastor. Qu'est-ce que tu veux ?

Il n'y eut pas de réponse, d'abord, puis, cette précision, utile.

– Mon patron Coudrier ne sait rien. Il est aiguillé sur la piste Malaussène pour l'assassinat de la Corrençon, pour le meurtre des vieilles et pour le trafic de drogue.

C'est beau de voir un visage se détendre. Rien de plus apaisant au monde que le spectacle du soulagement. Ce fut ce cadeau qu'offrit le divisionnaire Cercaire au jeune Pastor, là, assis devant lui, en s'exclamant :

– Putain, ma bière est chaude !

Nouveau voyage-frigo, aller-retour.

– Alors, petit, qu'est-ce que tu veux ?

– D'abord que vous cessiez de m'appeler « petit », il me semble que j'ai un peu grandi, ces derniers temps.

Fin d'une idylle[1].

– D'accord, Pastor, qu'est-ce que tu veux ?

– Je veux 3 % sur tous les bénéfices. 3 %.

– Tu es fou ?

– Je suis lucide. 3 %. Et n'oubliez pas, je sais compter, je gère très bien ma propre fortune, de mon côté. Je veux un rendez-vous, demain, avec Ponthard-Delmaire, et qu'on se mette d'accord à trois sur les termes du contrat.

Une armée de comptables se mit en branle derrière le front du divisionnaire.

– Ne comptez pas, Cercaire, je n'arrive pas sans rien, de mon côté. J'ai une sacrée dot[2], même ! D'abord je vous tiens, et la vérité à 3 %, ça

1. Histoire d'amour.
2. Apport financier.

me semble très bon marché. Mais surtout, je vous apporte Malaussène, mouillable[1] jusqu'au cou dans tous les domaines, comme je vous l'ai démontré tout à l'heure, assassin de Vanini, tueur de vieilles, drogueur de vieux : le bouc émissaire[2] rêvé. En plus, on fera un heureux, il paraît que ce rôle est dans sa nature profonde.

1. Qui peut être désigné comme coupable.
2. Celui que l'on désigne comme étant le seul coupable.

Fred Vargas (1957)
Pars vite et reviens tard, 2001

L'injonction qui donne son titre au roman s'adresse à la peste, qui vient de faire sa réapparition en plein Paris. Le commissaire Adamsberg mène l'enquête et doit éclaircir de mystérieux messages, laissés par un semeur.

– Bien, dit-il. Je vous résume les choses.

Comme Adamsberg parlait lentement, il prit tout de même vingt-cinq minutes pour exposer l'affaire des 4, du Crieur et du meurtre de la veille. Les deux Vandoosler écoutaient, attentifs. Marc hochait souvent la tête, comme s'il confirmait le récit à mesure qu'il se déroulait.

– Un semeur de peste, conclut-il, voilà ce que vous avez sur les bras. En même temps qu'un protecteur. Un type qui s'en croit le maître, donc. Cela s'est vu, mais surtout, on en a inventé par milliers.

– C'est-à-dire ? demanda Adamsberg en ouvrant son carnet.

– À chaque atteinte de peste, expliqua Marc, la terreur était telle qu'on cherchait, hormis Dieu, les comètes et l'infection de l'air qu'on ne pouvait pas châtier, des responsables terrestres à punir. On cherchait les *semeurs de peste*. On accusait des types de répandre le fléau[1] à l'aide d'onguents, de graisses et de préparations diverses qu'ils étalaient sur les sonnettes, les serrures, les rampes, les façades. Un pauvre gars qui posait imprudemment la main sur une bâtisse risquait mille morts. On a pendu des tas de gens. On les a appelés les semeurs, les graisseurs, les engraisseurs, sans jamais se demander une seule fois dans toute l'histoire de l'homme l'intérêt qu'aurait eu un gars à faire ce genre de boulot.

1. La maladie.

Ici, vous avez un semeur, ça ne fait pas de doute. Mais il ne sème pas à tout vent, hein ? Il en attaque un et il protège les autres. Il est Dieu, et il manipule le fléau de Dieu. En tant que Dieu, il choisit ceux qu'il appelle à lui.

– On a cherché un lien entre tous ceux qui sont visés. Néant, pour le moment.

– S'il y a semeur, il y a vecteur[1]. De quoi se sert-il ? Vous avez trouvé des traces d'onguent[2] sur les portes vierges ? Sur les serrures ?

– On n'a pas cherché ça. À quoi bon un vecteur, puisqu'il étrangle ?

– Je suppose que, dans sa logique, il ne se sent pas tueur. S'il voulait tuer lui-même, il n'aurait pas besoin de faire intervenir toute cette histoire de peste. Il se sert d'un fléau intermédiaire qu'il interpose entre lui et ceux qu'il abat. C'est la peste qui tue, ce n'est pas lui.

– D'où les annonces.

– Oui. Il met en scène la peste de manière ostentatoire[3] et il la désigne comme la seule responsable de ce qui va se produire. Et il lui faut un vecteur, nécessairement.

– Les puces, proposa Adamsberg. Mon adjoint s'est fait bouffer par des puces chez la victime, hier.

– Bon Dieu, des puces ? Il y avait des puces chez ce mort ?

Marc s'était levé brusquement, les poings enfoncés dans les poches de son pantalon.

– Quelles puces ? demanda-t-il nerveusement. Des puces de chat ?

– Je n'en sais rien. J'ai fait porter les habits au labo.

– S'il s'agit de puces de chat, ou de chien, rien à craindre, dit Marc

---

1. Ce qui transmet.
2. Pommade.
3. De façon à attirer l'attention.

en allant et venant le long de la table. Elles sont incompétentes. Mais s'il s'agit de puces de rat, si le gars a vraiment infecté des puces de rat et qu'il les lâche dans la nature, bon sang, c'est la catastrophe.

– Elles sont vraiment dangereuses ?

Marc regarda Adamsberg comme s'il lui avait demandé quoi penser des ours polaires.

– J'appelle le labo, dit Adamsberg.

Il s'écarta pour téléphoner et Marc fit signe à Lucien de faire moins de bruit en rangeant les assiettes.

– Oui, c'est cela, disait Adamsberg. Vous avez terminé ? Quel nom dites-vous ? Épelez, nom de Dieu.

Sur son carnet, Adamsberg avait formé un N, puis un O et il avait des difficultés pour poursuivre. Marc lui prit le crayon des mains et compléta le mot commencé : *Nosopsyllus fasciatus*. Puis il ajouta un point d'interrogation. Adamsberg acquiesça.

– Ça va, j'ai le nom, dit-il à l'entomologue[1].

Marc avait écrit à la suite : *porteuses du bacille*[2] ?

– Faites-les porter en bactériologie, ajouta Adamsberg. Recherche du bacille pesteux. Dites-leur de mettre les bouchées doubles, j'ai déjà un homme de piqué. Et ne les égarez pas dans le labo, par pitié. Oui, au même numéro. Toute la nuit.

Adamsberg rangea son portable dans sa poche intérieure.

– Il y avait deux puces dans les vêtements de mon adjoint. Ce n'étaient pas des puces d'homme. C'étaient des…

– *Nosopsyllus fasciatus*, des puces de rat, dit Marc.

– Dans l'enveloppe que j'ai prélevée chez le mort, il y en avait une autre, morte. Même espèce.

---

1. Spécialiste des insectes. **2.** Microbe.

– C'est comme cela qu'il les introduit.

– Oui, dit Adamsberg en marchant à son tour. Il ouvre l'enveloppe et il libère les puces dans l'appartement. Mais je ne crois pas que ces foutues puces soient infectées. Je crois qu'il est toujours dans le symbole.

– Il pousse pourtant le symbole jusqu'à dénicher des puces de rat. Ce n'est pas si facile de s'en procurer.

– Je crois qu'il frime, et c'est pour cela qu'il tue lui-même. Il sait que ses puces ne pourront pas tuer.

– Ce n'est pas certain. Vous auriez intérêt à récupérer toutes les puces qui traînent chez Laurion.

– Et comment je m'y prends ?

– Le plus simple, c'est d'entrer dans l'appartement avec un ou deux cobayes que vous promenez cinq minutes dans les lieux. Ils se ramasseront tout ce qui traîne. Vous les enfournez vite fait dans un sac et vous les portez à votre labo. Aussitôt après, désinfection des lieux. Ne laissez pas le cobaye trop longtemps. Une fois qu'elles ont piqué, ces puces ont tendance à repartir faire un tour. Faut les choper pendant leur déjeuner.

– Bon, dit Adamsberg en notant la stratégie. Merci de votre aide, Vandoosler.

– Deux choses encore, dit Marc en l'accompagnant à la porte. Sachez que votre semeur de peste n'est pas si bon pestologue que ça. Son érudition a des limites.

– Il se goure ?

– Oui.

– Où ?

– Le charbon, la « Mort noire ». C'est une image, une confusion de mots. *Pestis atra* signifiait la « mort horrible », et non pas la « Mort noire ». Les corps des pestiférés n'ont jamais été noirs. Quelques taches bleuâtres par-ci par-là, et encore. C'est un mythe tardif, c'est une erreur populaire et générale. Tout le monde le croit mais c'est faux. Quand votre homme charbonne le corps, il se trompe. Il commet même une énorme bévue.

– Ah, dit Adamsberg.

– Gardez la tête froide, commissaire, dit Lucien en sortant de la pièce. Marc est tatillon, comme tous les médiévistes[1]. Il se perd dans les détails et passe à côté de l'essentiel.

– Qui est ?

– Mais la violence, commissaire. La violence de l'homme.

Marc sourit et s'effaça pour laisser Lucien sortir.

– Qu'est-ce qu'il fait, votre ami ? demanda Adamsberg.

– Son premier métier est d'irriter le monde mais ce n'est pas payé. Il exerce cette activité bénévolement. En second choix, c'est un contemporanéiste[2], spécialiste de la Grande Guerre. On a de gros conflits de périodes.

– Ah bien. Et la deuxième chose que vous vouliez me dire ?

– Vous cherchez bien un type dont les initiales seraient CLT ?

– C'est une piste sérieuse.

– Laissez-la tomber. CLT est l'abréviation du fameux électuaire[3] des trois adverbes, tout simplement.

– Pardon ?

– Pratiquement tous les traités de peste le citent comme le meilleur des conseils : *Cito, longe fugeas et tarde redeas.* C'est-à-dire : *Fuis vite, longtemps et reviens tard.* En d'autres termes, casse-toi en vitesse et pour

---

1. Historiens spécialistes du Moyen Âge.
2. Historien spécialiste de la période contemporaine.
3. Remède.

un bail. C'est le célèbre « remède des trois adverbes » : « Vite, Loin, Longtemps ». En latin : « Cito, Longe, Tarde ». CLT.

Collection « Classiques & Contemporains », n° 76, Magnard.

Jean-Claude Izzo (1945-2000)
Chourmo, 1996

Fabio Montale, ex-flic des quartiers nord de Marseille, s'immerge dans sa ville à la recherche de deux adolescents disparus à la veille de la rentrée des classes.

Où il y a de la rage, il y a de la vie

Les gosses jouaient à merveille. Sans frime. Ils jouaient pour le plaisir. Pour apprendre encore, et être les meilleurs, un jour. Le terrain de basket, assez récent, avait bouffé l'espace d'une partie du parking, devant les deux grandes barres de la cité La Bigotte, sur les hauteurs de Notre-Dame Limite, à la « frontière » de Marseille et de Septème-les-Vallons. Une cité qui dominait les quartiers nord.

Ici, rien n'est pire qu'ailleurs. Ni mieux. Du béton dans un paysage convulsé, rocheux et calcaire. Et la ville là-bas, à gauche. Loin. On est là, loin de tout. Sauf de la misère. Même le linge qui sèche aux fenêtres en témoigne. Il semble toujours sans couleur, malgré le soleil et le vent qui l'agite. Des lessives de chômeurs, voilà tout. Mais, par rapport à « ceux d'en bas », il y a la vue. Magnifique. La plus belle de Marseille. On ouvre sa fenêtre et on a toute la mer pour soi. C'est gratuit. Quand on a rien, posséder la mer – cette Méditerranée – c'est beaucoup. Comme un quignon de pain pour celui qui a faim.

L'idée du terrain de basket revenait à un des gamins, qu'on appelait OubaOuba. Pas parce que c'était un sauvage de nègre sénégalais, mais parce que devant un panier, il sautait avec plus d'agilité, ou presque, qu'un marsupilami[1]. Un artiste.

---

1. Animal imaginaire créé par le dessinateur Franquin pour le journal *Spirou*.

– Quand j'vois toutes ces bagnoles, qu'elles prennent toute la place, moi, ça m'fout en l'air, avait-il dit à Lucien, un mec plutôt sympa du Comité social. Chez moi, c'est pas grand, passe. Mais ces parkings, merde !…

L'idée avait fait son chemin. Une course de vitesse s'était ensuite engagée entre le maire et le député, sous le regard rigolard du conseiller général qui, lui, n'était pas en campagne électorale. Je m'en souvenais bien. Les gamins n'attendirent même pas la fin des discours officiels pour occuper « leur » terrain. Il n'était même pas terminé. Il ne le fut jamais, d'ailleurs, et la maigre couche de bitume se craquelait maintenant de toutes parts.

Je les regardai jouer, en fumant. Cela me faisait drôle de me retrouver là, dans les quartiers nord. C'était mon secteur. Depuis que j'avais démissionné, je n'y avais plus mis les pieds. Je n'avais aucune raison d'y venir. Ni ici, ni à la Bricarde, ni à la Solidarité, ni à la Savine, ni à la Paternelle… Des cités où il n'y a rien. Rien à voir. Rien à faire. Pas même aller s'acheter un Coca, comme au Plan d'Aou où, au moins, une épicerie survivait tant bien que mal.

Il fallait habiter là, ou être flic, ou éducateur, pour traîner ses pieds jusque dans ces quartiers. Pour la plupart des Marseillais, les quartiers nord ne sont qu'une réalité abstraite. Des lieux qui existent, mais qu'on ne connaît pas, qu'on ne connaîtra jamais. Et qu'on ne verra toujours qu'avec les « yeux » de la télé. Comme le Bronx[1], quoi. Avec les fantasmes[2] qui vont avec. Et les peurs.

Bien sûr, je m'étais laissé convaincre par Gélou d'aller chercher Guitou. Nous avions évité d'en parler pendant le repas. Nous étions

1. Quartier de la ville de New York, réputé dangereux.
2. Représentations imaginaires.

l'un et l'autre gênés. Elle pour ce qu'elle m'avait raconté. Moi pour ce que j'avais entendu. Heureusement, Honorine avait alimenté la conversation.

– Vé, moi je sais pas comme tu fais, là-bas, dans tes montagnes. Moi, j'ai quitté Marseille qu'une fois. C'était pour aller à Avignon. Une de mes sœurs, Louise, qu'elle avait besoin de moi. Qu'est-ce que j'étais malheureuse… Pourtant, je suis restée que deux mois. C'est la mer qui me manquait le plus. Ici, je peux rester des heures à la regarder. Elle est jamais la même. Là-bas, y avait le Rhône, bien sûr. Mais c'est pas pareil. Il change jamais. Il est toujours gris et il sent rien.

– On choisit pas toujours, dans la vie, avait répondu Gélou avec beaucoup de lassitude.

– Tu me diras, la mer c'est pas tout. Le bonheur, les enfants, la santé, ça passe avant.

Gélou était au bord des larmes. Elle avait allumé une cigarette. À peine si elle avait goûté sa daurade.

– Vas-y, je t'en prie, avait-elle murmuré quand Honorine disparut pour aller chercher les tasses à café.

J'y étais. Devant la barre où habitait la famille Hamoudi. Et Gélou m'attendait. Elle nous attendait, Guitou et moi. Anxieuse, même avec la compagnie rassurante de Honorine.

– Elle a des ennuis, hein, c'est bien ça, m'avait-elle demandé dans la cuisine.

– Avec son plus jeune. Guitou. Il a fugué. Elle pense qu'il est ici, à Marseille. Ne l'asticotez pas trop en mon absence.

– C'est vous que vous allez le chercher ?

– Faut bien que quelqu'un y aille, non ?

– Ç'aurait pu être… Je sais pas moi… Elle vit toute seule ?

– On parlera de tout ça plus tard, d'accord ?

– Vé, c'est ce que je disais, elle a des ennuis votre cousine. Pas qu'avec son caganis[1].

J'allumai une autre cigarette. OubaOuba réussit un panier qui laissa sans voix ses copains. C'était une sacrée bonne équipe, ces minots[2]. Et moi, je n'arrivais pas à me décider. Pas le courage. Pas la conviction, plutôt. Cela ressemblait à quoi de débarquer comme ça chez les gens ? « Bonjour, je m'appelle Fabio Montale. Je viens récupérer le gamin. Ça a assez duré, l'histoire. Toi, tu la mets en veilleuse, ta mère est assez inquiète comme ça. » Non, je ne pourrais pas faire ça. Ce que j'allais faire, c'était ramener les deux mômes chez moi, et qu'ils s'expliquent avec Gélou.

J'aperçus une silhouette familière. Serge. Je le reconnus à sa démarche, gauche, presque enfantine. Il sortait du D4[3], devant moi. Il me parut amaigri. Une barbe épaisse lui rongeait la moitié du visage. Il traversa pour rejoindre le parking. Les mains dans les poches d'un blouson de toile. Les épaules voûtées. Il semblait plutôt triste, Serge.

Je ne l'avais pas revu depuis deux ans. Je pensais même qu'il avait quitté Marseille. Éducateur dans les quartiers nord pendant plusieurs années, il s'était fait virer, un peu à cause de moi. Quand je ramassais des mômes qui avaient fait une connerie, c'est lui que j'appelais au commissariat, avant même les parents. Il me tuyautait sur les familles, me donnait des conseils. Les gamins, c'était sa vie. Il avait choisi ce boulot, pour ça. Marre de voir des adolescents finir au trou. Il leur faisait confiance, d'abord. Avec cette sorte de foi dans l'homme qu'ont

1. Mot provençal qui désigne le dernier-né.
2. Gamins.
3. Le numéro d'un immeuble.

certains curés. Curé, d'ailleurs, il l'était un peu trop à mon goût. Nous avions sympathisé, sans devenir amis. À cause de ça, ce côté cureton[1]. Je n'ai jamais cru que les hommes sont bons. Seulement qu'ils méritent d'être égaux.

Mes liens avec Serge firent jaser[2]. Et mes chefs, ils n'aimèrent pas, mais pas du tout. Un flic et un éducateur ! On le paya. Serge d'abord, durement. Moi ensuite, mais avec un peu plus d'élégance. On ne virait pas aussi simplement un flic dont la nomination dans les quartiers nord avait été volontairement médiatisée quelques années plus tôt. On réduisit mes effectifs, et peu à peu, on me déresponsabilisa. Sans plus y croire, j'avais continué mon boulot parce que je ne savais rien faire d'autre que ça, être flic. Il avait fallu la mort de trop de gens aimés, pour que le dégoût l'emporte, et me délivre.

Ce que Serge pouvait bien foutre là, je n'eus pas le temps de le lui demander. Une BMW noire, vitres fumées, arriva de je ne sais où. Elle roulait au pas, et Serge n'y prêta pas cas. Arrivée à sa hauteur, un bras apparut par la vitre arrière. Un bras armé d'un revolver. Trois coups, à bout portant. La BMW fit un bond et disparut aussi vite qu'elle avait surgi.

Serge gisait, allongé sur le bitume. Mort, cela ne faisait aucun doute.

---

1. Curé (familier).
2. Parler, plutôt avec médisance.

Le roman policier : regards sur l'histoire et la société

UMBERTO ECO (1932)

Le Nom de la rose, 1980

Nous sommes au XIVe siècle, dans une abbaye bénédictine dont le travail est troublé par une série d'assassinats. Guillaume de Baskerville, accompagné de son disciple Adso de Melk, se voit confier l'enquête par l'abbé et a l'intuition que ces morts ont à voir avec des livres interdits, jalousement gardés par Jorge, le bibliothécaire. Une lutte à mort s'engage entre les deux hommes au sujet d'un livre en particulier…

« Dès le premier jour, j'ai compris que tu comprendrais. D'après ta voix, d'après la manière dont tu m'as amené à débattre ce dont je ne voulais pas qu'on parlât. Tu valais mieux que les autres, tu y serais arrivé de toute façon. Tu sais, il suffit de penser et de reconstruire dans son propre esprit les pensées de l'autre. Et puis j'ai entendu que tu posais des questions aux autres moines, toutes justes. Mais tu ne posais jamais de questions sur la bibliothèque, comme si tu en connaissais désormais tous les secrets. Une nuit, je suis venu frapper à ta cellule, et tu n'étais pas là. Tu étais certainement ici. Deux lampes avaient disparu des cuisines, je l'ai entendu dire par un servant[1]. Et enfin, lorsque Séverin est venu te parler d'un livre, l'autre jour dans le narthex[2], j'ai eu la certitude que tu étais sur la même piste que moi.

1. Frère qui sert les moines.
2. Porche d'une église.

– Mais tu es parvenu à me soustraire le livre. Tu es allé chez Malachie, qui jusqu'alors n'avait rien compris. Agité par sa jalousie, le sot continuait d'être obsédé par l'idée qu'Adelme lui avait ravi son Bérenger adoré, qui désormais voulait de la chair plus jeune que la sienne. Il ne comprenait pas ce que venait faire Venantius dans cette histoire, et toi tu lui as encore davantage brouillé les idées. Tu lui as dit que Bérenger avait eu un rapport avec Séverin, et qu'en reconnaissance il lui avait donné un livre du finis Africae[1]. Je ne sais exactement ce que tu lui as dit. Mais Malachie est allé chez Séverin, fou de jalousie, et l'a tué. Et il n'a pas eu le temps de chercher le livre que tu lui avais décrit, parce que le cellérier[2] est arrivé. Est-ce bien ainsi que cela s'est passé ?

– Plus ou moins.

– Mais toi, tu ne voulais pas que Malachie mourût. Lui, il n'avait probablement jamais jeté un seul coup d'œil aux livres du finis Africae, il avait une confiance aveugle en toi, il obéissait à tes interdits. Lui, il se limitait à préparer le soir les herbes pour épouvanter les éventuels curieux. C'est Séverin qui les lui procurait. Voilà pourquoi ce jour-là Séverin laissa entrer Malachie dans l'hôpital, c'était sa visite quotidienne pour prélever les herbes fraîches, que, par ordre de l'Abbé, l'herboriste tenait prêtes chaque jour. Ai-je deviné ?

– Tu as deviné. Je ne voulais pas que Malachie mourût. Je lui dis de retrouver le livre, à tout prix, et de le ramener ici, sans l'ouvrir. Je lui dis qu'il avait le pouvoir de mille scorpions. Mais pour la première fois l'insensé voulut prendre une initiative. Je ne le voulais pas mort, c'était un exécuteur fidèle. Et ne me répète pas ce que tu sais, je le sais que tu sais. Je ne veux pas alimenter ton orgueil, tu t'en charges suffisamment

1. Nom que reçoit la partie interdite de la bibliothèque.
2. Religieux responsable de l'approvisionnement en nourriture.

toi-même. Je t'ai entendu ce matin dans le scriptorium[1] interroger Bence sur la *Coena Cypriani*[2]. Tu étais tout près de la vérité. Je ne sais comment tu as découvert le secret du miroir, mais quand j'ai su par l'Abbé que tu lui avais mentionné le finis Africae, j'étais certain qu'en peu de temps tu serais arrivé. C'est ainsi que je t'attendais. Et à présent que veux-tu ?

– Je veux voir, dit Guillaume, le dernier manuscrit du volume relié qui réunit un texte arabe, un syrien et une interprétation ou transcription de la *Coena Cypriani*. Je veux voir cet exemplaire en grec, établi probablement par un Arabe, ou un Espagnol, que tu as trouvé quand, aidé de Paolo de Rimini, tu as obtenu qu'on t'envoyât dans ton pays pour recueillir les plus beaux manuscrits des Apocalypses de León et de Castille[3], un butin qui t'a rendu célèbre et fait estimer ici dans l'abbaye, et t'a permis d'obtenir la place de bibliothécaire, alors qu'elle revenait à Alinardo de dix ans ton aîné. Je veux voir cet exemplaire grec écrit sur papier de drap, qui alors était très rare, et qu'on fabriquait précisément à Silos, près de Burgos, ta patrie. Je veux voir le livre que tu as dérobé là-bas, après l'avoir lu, car tu ne voulais pas que d'autres le lussent, et que tu as caché ici, le protégeant de façon habile, et que tu n'as pas détruit parce qu'un homme tel que toi ne détruit pas un livre, mais le garde et veille à ce que personne ne le touche. Je veux voir le deuxième livre de la *Poétique* d'Aristote[4], celui que tout le monde croyait perdu ou jamais écrit, et dont tu conserves peut-être l'unique exemplaire.

---

1. Salle de travail des moines copistes et des moines enlumineurs.

2. Opuscule rédigé vers 360 qui compile 400 allusions à des faits ou à des personnages bibliques. Il est attribué au martyr Cyprien de Carthage.

3. Appelés « beatus », manuscrits espagnols des Xe et XIe siècles, copies enluminées des commentaires des Apocalypses de Jean, rédigées au VIIIe siècle par le moine Beatus de Liébana.

4. Texte philosophique qui traite de la tragédie et de l'épopée, rédigé en 335 avant J.-C. Un second livre, perdu, devait porter sur la comédie.

– Quel magnifique bibliothécaire tu aurais fait, Guillaume, dit Jorge, d'un ton mâtiné[1] d'admiration et de regret. Ainsi tu sais vraiment tout. Viens, je crois qu'il y a un tabouret de ton côté de la table. Assieds-toi, voici ta récompense. »

Guillaume s'assit et posa la lampe, que je lui avais passée, éclairant par en dessous le visage de Jorge. Le vieillard prit un volume qu'il avait sur sa table et le lui tendit. Je reconnus la reliure, c'était celui que j'avais ouvert à l'hôpital, le prenant pour un manuscrit arabe.

« Lis donc, alors, feuillette-le, Guillaume, dit Jorge. Tu as gagné. »

Guillaume regarda le volume, mais ne le toucha pas. Il tira de sa coule[2] une paire de gants, pas les siens avec la pointe des doigts découverte, mais ceux que portait Séverin quand nous l'avions trouvé mort. Il ouvrit lentement la reliure usée et fragile. Je m'approchai et me penchai sur son épaule. Jorge, de son ouïe très fine, entendit le léger bruit que je fis. Il dit : « Tu es là toi aussi, mon garçon ? Je te le ferai voir à toi aussi… après. »

Guillaume parcourut rapidement les premières pages. « C'est un manuscrit arabe sur les dits de quelque fol[3], d'après le catalogue, dit-il. De quoi traite-t-il ?

– Oh, sottes légendes d'infidèles, où l'on juge que les fols ont des mots d'esprit si subtils qu'ils en étonnent même leurs prêtres et enthousiasment leurs califes[4]…

– Le second est un manuscrit syriaque, mais d'après le catalogue il traduit un libelle[5] égyptien d'alchimie. Pourquoi se trouve-t-il donc dans ce recueil ?

---

1. Mêlé.
2. Vêtement à capuchon.
3. Quelqu'un dont le discours est déraisonnable.
4. Premier ministres d'un sultan.
5. Écrit.

– C'est un ouvrage égyptien du troisième siècle de notre ère. Dans la ligne de l'ouvrage qui suit, mais moins dangereux. Personne ne prêterait l'oreille aux égarements d'un alchimiste africain. Il attribue la création du monde au rire divin… » Il leva le visage et récita, avec sa prodigieuse mémoire de lecteur qui depuis maintenant quarante ans se répétait à lui-même les livres lus quand il jouissait encore de sa vue : « À peine Dieu rit-il que naquirent sept dieux qui gouvernèrent le monde, à peine Il éclata de rire qu'apparut la lumière, au second éclat de rire apparut l'eau, et au septième jour de Son rire apparut l'âme… Folies. Y compris l'écrit qui vient après, d'un des innombrables idiots qui se mirent à gloser[1] la *Coena*… Mais ce n'est pas là ce qui t'intéresse. »

Guillaume avait en effet passé rapidement sur ces pages et il était arrivé au texte grec. Je vis aussitôt que les feuillets étaient d'une matière différente et plus molle, presque déchiré le premier, avec une partie de la marge rongée, parsemé de taches pâles, comme d'ordinaire le temps et l'humidité en produisent sur d'autres livres. Guillaume lut les premières lignes, d'abord en grec, puis en traduisant en latin et en poursuivant dans cette langue, de façon que moi aussi je pusse apprendre comment débutait le livre fatal.

Dans le livre premier nous avons traité de la tragédie et de la manière dont en suscitant pitié et peur, elle produit la purification de tels sentiments. Comme nous l'avions promis, nous traitons maintenant de la comédie (mais aussi de la satire et du mime) et de la manière dont en suscitant le plaisir du ridicule, elle parvient à la purification de cette passion. De quelle insigne[2] considération est digne une telle passion,

---

1. Commenter.
2. Remarquable.

nous l'avons déjà dit dans le livre sur l'âme, dans la mesure où – seul d'entre tous les animaux – l'homme est capable de rire. Nous définirons donc de quel genre d'actions la comédie est imitation, après quoi nous examinerons les manières dont la comédie suscite le rire, et ces manières sont les faits et l'élocution[1]. Nous montrerons comment le ridicule des faits naît de l'assimilation du meilleur au pire et vice versa, de la surprise par la ruse, de l'impossible et de la violation des lois de nature, de l'insignifiant et de l'inconséquent, de l'abaissement des personnages, de l'usage des pantomimes[2] bouffonnes et vulgaires, de la discordance, du choix des choses les moins dignes. Nous montrerons ensuite comment le ridicule de l'élocution naît des équivoques[3] entre des mots semblables pour des choses différentes et différents pour des choses semblables, de la logorrhée[4] et de la répétition, des jeux de mots, des diminutifs, des erreurs de prononciation et des barbarismes[5]…

Guillaume traduisait avec difficulté, cherchant les mots justes, s'arrêtant par moments. Tout en traduisant, il souriait, comme s'il reconnaissait des choses qu'il s'attendait à trouver. Il lut à voix haute la première page, puis il cessa, comme s'il n'était pas intéressé à en savoir davantage, et il feuilleta en hâte les pages suivantes : mais après quelques feuillets, il rencontra une résistance, car sur la marge latérale supérieure, et tout le long de la tranche, les feuillets étaient unis les uns aux autres, comme il arrive lorsque – une fois humidifiée et détériorée – la matière du papier forme une sorte de gluten poisseux. Jorge se

1. La façon de parler.
2. Spectacles faits de gestes et de mimiques.
3. Ambiguïtés.
4. Flot de paroles.
5. Fautes déformant les mots.

rendit compte que le froissement des feuillets tournés avait cessé, et il exhorta Guillaume.

« Allons, lis, feuillette-le. Il est à toi, tu l'as bien mérité. »

Guillaume rit ; il paraissait plutôt amusé : « Alors, ce n'est pas vrai que tu me crois aussi subtil que ça, Jorge ! Tu ne le vois pas, mais j'ai des gants. Avec les doigts empêtrés de la sorte je ne parviens pas à détacher les feuillets. Je devrais m'exécuter les mains nues, m'humecter les doigts avec ma langue, comme il m'est arrivé de faire ce matin en lisant dans le scriptorium, alors soudain ce mystère aussi s'est éclairci pour moi, et je devrais continuer à tourner ainsi les feuillets, tant qu'une bonne dose de poison ne serait pas passée dans ma bouche. Je parle du poison que toi, un jour, il y a longtemps de cela, tu as dérobé dans le laboratoire de Séverin, peut-être alors déjà préoccupé pour avoir entendu quelqu'un dans le scriptorium manifester certaine curiosité, soit à propos du finis Africae, soit au sujet du livre perdu d'Aristote, soit pour l'un et l'autre à la fois. Je crois que tu as gardé longtemps la fiole par-devers toi, te réservant d'en faire usage quand tu sentirais un danger. Et tu l'as senti il y a quelques jours, lorsque d'un côté Venantius parvint trop près du thème de ce livre, et que de l'autre Bérenger, par légèreté, par gloriole[1], pour impressionner Adelme, se révéla moins secret que tu ne l'espérais. Alors tu es venu ici et tu as préparé ton piège.

Traduction de Jean-Noël Schifano.

1. Fausse gloire.

Graham Greene (1904-1991)

Le Troisième Homme, 1950

Vienne, lugubre et en ruines, à l'issue de la Seconde Guerre mondiale. Le marché noir sévit.

Rollo Martins est sur le point d'avoir la réponse aux questions qu'il se pose au sujet de son ami Harry Lime. Était-il cet immonde trafiquant que le colonel Calloway lui a décrit ? Quelle étrange affaire se cache derrière sa mort ?

– Je vais vous révéler, lui dis-je, un nombre suffisant de faits concernant le cas de Harry pour que vous compreniez. Mais tenez-vous bien, vous allez recevoir un choc.

Ce serait certainement un choc. La guerre, puis la paix (si l'on peut appeler cela « la paix ») ont permis à un grand nombre de combines véreuses de se donner libre cours, mais nulle n'est plus honteuse que celle-ci. Les gens qui faisaient du marché noir sur la nourriture avaient au moins le mérite de vous fournir de la nourriture et l'on peut en dire autant de tous les trafiquants qui vendaient des denrées rares à des prix abusifs. Mais le trafic de la pénicilline[1] est quelque chose de totalement différent. En Autriche, la pénicilline n'était fournie qu'aux hôpitaux militaires : les médecins civils, même dans un hôpital civil, ne pouvaient pas en obtenir par les moyens légaux. Sous sa forme primitive, la fraude était relativement inoffensive. La pénicilline était volée, puis vendue pour des sommes d'argent fantastiques à des médecins autrichiens ; une ampoule pouvait atteindre jusqu'à soixante-dix livres. On pouvait

1. Antibiotique utilisé pour le traitement de la tuberculose.

encore dire que c'était une forme de répartition… répartition injuste puisqu'elle favorisait le malade riche, mais c'est à peine si la répartition originale pouvait prétendre à plus de justice.

Ce trafic continua sans encombre pendant quelque temps. De loin en loin, quelqu'un était arrêté et puni, mais le danger ne faisait que faire monter le prix de la pénicilline. Puis la fraude s'organisa : les gros combinards y virent la grosse galette[1], et le voleur original, s'il gagna moins d'argent pour sa peine, fut assuré d'une certaine sécurité. Quand il lui arrivait quelque chose, on s'occupait de le tirer d'embarras. La nature humaine a, elle aussi, d'étranges raisons biscornues que le cœur ignore certainement. Bien des petits tripoteurs[2] se sentaient la conscience soulagée par le sentiment qu'ils travaillaient pour un patron ; ils devinrent bientôt, à leurs propres yeux, aussi honorables que des salariés ; ils faisaient partie d'un groupe, et s'il y avait culpabilité, les chefs de ce groupe étaient les coupables. Une entreprise de gangsters fonctionne à peu près d'après les mêmes principes qu'un parti totalitaire.

Cette phase, je l'ai appelée « la deuxième phase ». La troisième vint lorsque les organisateurs décidèrent que les bénéfices n'étaient pas suffisants. Il ne serait pas toujours impossible de se procurer de la pénicilline par des moyens licites[3]. Ils voulurent faire plus d'argent et plus rapidement pendant qu'ils le pouvaient. Ils commencèrent à diluer la pénicilline dans de l'eau colorée et, quand elle était en poudre, à y mêler du sable. J'ai tout un petit musée dans un tiroir de mon bureau et j'en montrai à Martins quelques spécimens. Cette conversation ne le réjouissait guère, mais il n'en avait pas encore saisi le sens.

– Je suppose, dit-il, que le remède devenait inefficace.

1. Une très bonne affaire.
2. Petites camionnettes.
3. Légaux.

– Si ce n'était que cela, lui répondis-je, nous ne nous en inquiéterions pas tant ; mais réfléchissez. Les effets de la pénicilline sont supprimés par ce mélange. Ce qu'on prévoit de mieux, c'est que l'usage du produit falsifié rend le traitement par la pénicilline appliqué à un certain malade inefficace pour l'avenir. Ce qui n'est pas drôle, d'ailleurs, si vous êtes atteint d'une maladie vénérienne[1]. D'autre part, employer du sable sur une blessure qui a besoin de pénicilline… disons que ce n'est pas sain. Il est même arrivé que des hommes y perdent un bras, une jambe, ou la vie. Mais ce qui m'a sans doute inspiré la plus grande horreur, c'est quand j'ai visité l'hôpital des enfants, ici à Vienne. On y avait acheté de cette pénicilline pour soigner des méningites. Un grand nombre d'enfants se contentèrent d'en mourir, mais beaucoup devinrent fous. Vous pouvez les retrouver dans les pavillons d'aliénés.

Assis de l'autre côté de mon bureau, il avait caché d'un air maussade son visage dans ses mains.

– Si l'on y pense vraiment, l'idée en est insoutenable, n'est-ce pas ? lui dis-je.

– Vous ne m'avez pas encore donné la preuve que Harry…

– Nous y venons, répondis-je. Ne bougez pas et écoutez.

J'ouvris le dossier de Lime et me mis à lire. Au début, il ne contenait que des preuves par présomption, et Martins s'agitait sur sa chaise. Il ne semblait s'agir que de coïncidences : des agents signalaient, dans leurs rapports, que Lime avait été vu à un certain endroit, à une certaine heure, disposait d'une quantité de possibilités, fréquentait telles et telles personnes. Martins protesta :

– Mais ces mêmes indices pourraient être relevés en ce moment contre moi…

1. Sexuellement transmissible.

– Attendez un moment, lui dis-je.

Pour quelque obscure raison, Lime avait cessé de prendre garde. Peut-être avait-il compris que nous le soupçonnions et s'était-il affolé. Il occupait dans l'Organisation des secours une situation des plus distinguées, et c'est dans ce cas-là qu'un homme s'affole le plus facilement. Nous plaçâmes un de nos agents comme planton[1] à l'hôpital militaire britannique ; nous connaissions déjà le nom de celui qui servait d'intermédiaire, mais nous n'avions jamais réussi à remonter tout à fait jusqu'aux sources. Quoi qu'il en soit, je ne désire pas accabler le lecteur de la même façon que j'accablai Martins, par le récit de toutes les étapes de la longue lutte que nous menâmes pour gagner la confiance de cet intermédiaire, un certain Harbin. Enfin, nous parvînmes à lui serrer les pouces, à les lui serrer jusqu'à ce qu'il se mette à table. Cette forme d'activité policière ressemble beaucoup au travail du service secret. On cherche un agent double sur lequel on ait un véritable contrôle, et Harbin était exactement l'homme qu'il nous fallait. Mais même lui ne nous mena que jusqu'à Kurtz.

– Kurtz ! s'écria Martins. Mais pourquoi ne l'avez-vous pas arrêté ?

– L'heure H est sur le point de sonner, dis-je.

Kurtz marquait un grand pas en avant, car Kurtz était en communication directe avec Lime. Il occupait un petit poste rattaché aux services du Secours international. Avec Kurtz, Lime échangeait parfois des messages écrits, lorsqu'il était pressé. Je montrai à Martins le photostat d'une courte lettre.

– Pouvez-vous identifier ceci ?

– C'est l'écriture de Harry. (Il lut jusqu'au bout.) Je n'y vois rien de mal.

---

1. Gardien.

– Non, mais lisez à présent ce mot de Harbin à Kurtz que nous avions dicté : ceci en est le résultat. Regardez la date.

Il lut les deux lettres à deux reprises.

– Vous voyez ce que je veux dire ?

Si nous étions témoins de la fin d'un monde, je ne crois pas que nous nous mettrions à bavarder ; et certainement, pour Martins, un monde venait de prendre fin, un monde de confiance, d'amitié facile, de culte d'un héros, qui avait commencé vingt ans auparavant… dans un corridor d'école. Tous les souvenirs : après-midi sur l'herbe longue, chasses clandestines à la carabine dans le communal de Brickworth, rêves, promenades, toutes les aventures partagées, s'étaient desséchés simultanément, comme le sol d'une ville détruite par une bombe atomique. De longtemps, l'on ne pourrait plus s'y promener en sécurité. Pendant qu'il restait là, à regarder ses mains sans rien dire, j'allai chercher dans un placard une précieuse bouteille de whisky et j'en versai deux grands verres.

– Tenez, dis-je, buvez ça.

Il m'obéit comme si j'étais son médecin. Je remplis une seconde fois son verre.

– Êtes-vous sûr, dit-il lentement, que c'était lui le vrai patron ?

– C'est tout ce que nous avons trouvé jusqu'à présent.

– Parce qu'il avait plutôt tendance à sauter avant de regarder.

Je ne lui opposai pas de démenti, bien qu'il m'eût donné une impression différente de Lime dans ses déclarations précédentes. Il cherchait partout un réconfort.

– Et si Harry avait été victime d'un chantage, dit-il, si on l'avait forcé à entrer dans cette combine, comme vous avez forcé Harbin à jouer un double jeu…

– C'est possible.

– Et si on l'avait assassiné de peur qu'il ne parle quand il serait arrêté...

– Ce n'est pas impossible.

– Je suis content qu'ils l'aient fait, ajouta-t-il. Je n'aurais pas aimé entendre Harry donner[1] ses copains.

D'un curieux petit geste de la main, il épousseta son genou comme pour dire : « Voici une affaire réglée. » Il conclut tout haut :

– Je vais repartir pour l'Angleterre.

– Je préférerais que vous restiez encore un peu. La police autrichienne lancera un mandat d'arrêt contre vous si vous tentez de quitter Vienne en ce moment. N'oubliez pas que, poussé par son sens du devoir, Cooler l'a prévenue en même temps que moi.

– Je vois, dit-il, abandonnant toute résistance.

– Quand nous aurons retrouvé le troisième homme...

– Celui-là, dit-il, je voudrais bien être présent quand il mangera le morceau, cette crapule, cette infecte crapule...

Traduction de Marcelle Sibon.

1. Livrer par trahison.

Didier Daeninckx (1949)
Meurtres pour mémoire, 1984

L'inspecteur Cadin enquête sur le meurtre de Bernard Thiraud, assassiné en pleine rue, à Toulouse. Au cours de ses investigations, il découvre qu'il est le fils d'un professeur d'histoire, Roger Thiraud, assassiné lui aussi dans d'obscures circonstances, le 17 octobre 1961.

Voyons le pedigree[1] de ton bonhomme…

Il sortit une fiche de la chemise.

– … « Roger Thiraud, né le 17 juillet 1929 à Drancy, Seine, décédé le 17 octobre 1961 à Paris, Seine. Professeur d'histoire au Lycée Lamartine à Paris. Marié à Muriel Labord. Un enfant né postérieurement au décès du père (Bernard Thiraud le 20 décembre 1961 à Paris). Domicilié 5 rue Notre-Dame de Bonne-Nouvelle Paris deuxième arrondissement. Aucune activité politique ni syndicale. Membre de la Société des Gens d'Histoire. Son nom figure en 1954 sur une liste de signatures référencée « Appel de Stockolm ».

– Ça consistait en quoi cet appel ?

Dalbois posa le papier et me regarda.

– Une pétition internationale pour l'interdiction des armes atomiques.

– Ça venait des communistes ?

– Ils étaient dans le coup, mais l'appel a été signé par plus d'un million de Français… Si on se met à l'éplucher, on tombe sur la moitié des députés de l'actuelle assemblée, majorité et opposition confondues. Il est difficile d'accorder une trop grande importance à un indice de ce

1. Identité.

genre. Il y a aussi la déclaration de l'institut médico-légal : « *Découvert mort d'une balle dans la tête, tempe droite, à l'issue des émeutes algériennes du 17 octobre 1961. Heure probable du décès : entre 19 et 24 heures. Autopsie : néant. Vêtements et objets divers relevés sur le cadavre : costume trois pièces en laine, de marque Hudson, taille 42, teinte grise, rayures blanches. Chemise dite américaine bleue claire, taille 38. Maillot de corps et slip blancs sans marques. Chaussures noires Woodline, ressemelées. Chaussettes de couleur noire, marque Stemm. Une montre Difor en état de marche ; un portefeuille contenant une carte d'identité et une carte professionnelle délivrée par l'Éducation Nationale au nom de Roger Thiraud. Une facture d'un montant de 1498 nouveaux francs pour l'achat d'un téléviseur Ribet-Desjardins équipé deuxième chaîne. Cent vingt-trois nouveaux francs en liquide. Un ticket de cinéma provenant du « Midi-Minuit* ». C'est tout. Il n'est pas bien bavard ton client !

– Non. Je me fous totalement de savoir s'il porte des slips Petit Bateau ou des slips Éminence… À la limite ce qui me paraît le plus intéressant, c'est d'apprendre qu'il allait dans un ciné appelé Midi-Minuit. Tu connais ?

– De réputation ; actuellement ils se sont reconvertis dans le porno, mais à l'époque c'était le rendez-vous des amateurs de fantastique. Ils programmaient des films de vampire, de sorcellerie. C'était aussi mal vu, alors, de fréquenter ce cinéma que de passer une soirée à Pigalle.

– Si je m'appelais Hercule Poirot[1], je noterais le numéro du billet et je filerais au Centre National du Cinéma[2] pour relever la date exacte à laquelle ce coupon a été délivré. Avec un renseignement de cet ordre je peux savoir le titre du dernier film vu par Roger Thiraud.

---

1. Détective créé par Agatha Christie.
2. Organisme public qui réunit les professionnels du cinéma et organise leurs activités.

Accessoirement l'âge de la placeuse ! Qu'est-ce que je peux espérer de mieux ? Rien. Ce dossier est incomplet. Ou pire, il est bidon. On doit trouver des éléments plus décisifs quelque part… Cette manifestation, par exemple. Je me suis vaguement renseigné. La Préfecture a reconnu entre quatre et dix morts, cela dépend des communiqués. Le S.D.P., le syndicat départemental de la police, a publié un bilan qui fait état de soixante morts vérifiés. Par contre, la Ligue des Droits de l'Homme[1]…

En entendant ce nom, Dalbois ferma le poing droit et fit mine d'enfoncer son majeur pointé dans un postérieur imaginaire.

– … oui, je sais ce que tu penses de ce type d'organisation, mais dans cette affaire leur avis en vaut bien un autre. Ils parlent de deux cents morts le soir des troubles et autant au cours de la semaine qui a suivi. Ce que j'essaie de souligner c'est qu'il s'agit d'une histoire importante. Un Oradour[2] en plein Paris ; personne n'en sait rien ! Il doit bien exister des traces d'un pareil massacre…

Dalbois se gratta la joue et s'appuya sur le dossier de son siège.

– Je vais voir ce que je peux faire.

Il reprit son téléphone et rappela Gerbet.

– Je viens de jeter un œil à tes papiers ; c'est maigre. Dès que tu arrives à te libérer, passe les prendre. D'ailleurs, j'ai encore une ou deux questions à éclaircir.

Puis à mon intention.

– Il rapplique tout de suite. Laisse-moi poser mes jalons et reste dans ton rôle de cousin de province, on s'y croirait !

---

1. Association créée en 1898, à la suite de l'affaire Dreyfus. Elle veille à la promulgation et à la défense des droits du citoyen.
2. Allusion aux massacres perpétrés dans cette ville, au matin du 10 juin 1944, par la division SS « Das Reich » ; synonyme de massacre.

Deux minutes plus tard, Gerbet était assis à ma droite. Il écoutait Dalbois qui agitait la chemise bulle devant ses yeux.

– C'est tout de même extraordinaire, on ramasse un prof d'histoire sur un trottoir parisien, la tête truffée de plomb et on ne prend pas la précaution de pratiquer une autopsie. Rien. Pas d'enquête non plus ; on ne recherche ni les causes de la mort ni l'assassin ! On croit rêver. D'après ces papiers, personne n'a pu établir que Robert Thiraud ait eu partie liée avec le F.L.N[1]. Il apparaît comme un petit prof tranquille, inoffensif. Qu'est-ce que ça cache ? Il y a sûrement d'autres éléments. Tu es au courant ?

Gerbet se trémoussa sur le fauteuil. Mal à l'aise, il s'éclaircit la voix.

– Écoute Dalbois, laisse tout ça tranquille. Tu es le premier à remuer ces questions depuis vingt ans. Ça ne servirait à rien ni à personne d'établir qu'un professeur d'histoire renseignait une organisation subversive[2] et que l'État français a choisi de l'abattre. Aujourd'hui ces événements concernent deux pays, la France et l'Algérie. Les gouvernements n'ont aucun intérêt à voir resurgir certains fantômes. La découverte du charnier de Khenchela[3] en a administré la preuve. Des terrassiers ont mis à jour plus de neuf cents squelettes en construisant un stade de football dans l'est des Aurès. Il s'agit, selon toute vraisemblance, de soldats de l'armée de Boumédiène[4] exécutés par la Légion qui avait un camp à cet emplacement. Les autorités algériennes sont restées très discrètes. Elles ont utilisé cette découverte au seul plan intérieur. Il n'y a pas eu de campagne anti-française déclenchée à cette

---

1. Front de libération nationale algérien, créé par l'indépendantiste Ahmed Ben Bella.
2. Insurrectionnelle, révolutionnaire.
3. Lieu de la découverte, en 1982, d'un charnier datant de la guerre d'Algérie.
4. Houari Boumédiène (1932-1978) était le chef d'état-major de l'Armée de libération nationale et l'un des principaux acteurs de la guerre d'Algérie.

occasion. Il a fallu que ce soit un « fouille-merde » de *Libération*[1] qui se charge du travail.

– Tu veux dire qu'il va falloir attendre la sortie de *Libération* pour connaître les raisons de la mort de Roger Thiraud ?

– Non ce n'est pas du tout ça ! Il faut être clair. Les gens actuellement au pouvoir en France ont condamné l'action de la police, à l'époque. Dans leur grande majorité. En exhumant[2] le passé, le gouvernement algérien ne réussirait qu'à les braquer et à raviver des oppositions, des rancœurs. L'heure est à l'oubli, sinon au pardon.

– Je ne te comprends pas bien Gerbet. Si les dirigeants actuels critiquaient la police et le rôle qu'on lui faisait jouer, c'est une bonne manœuvre pour eux de ressortir le dossier et de se faire mousser au nom de la fidélité à leurs principes.

Gerbet ne semblait pas apprécier la tournure prise par la conversation. Il remuait de plus en plus sur son siège et recommençait à me lancer des regards désespérés.

– Pour tout t'avouer, l'Inspection Générale des Services a fait une enquête en octobre 1961, sous la pression des députés et des sénateurs de l'opposition. Un peu comme Begin avec les massacres de Sabra et Chatila[3]. Sept juges ont été commis sous l'autorité du Ministre de l'Intérieur d'alors. Tu n'ignores pas que ce personnage est aujourd'hui président du Conseil Constitutionnel, ce qui donne la mesure des précautions à prendre avant d'effleurer ce dossier… Les juges ont dû, entre autres choses, se prononcer sur les causes des décès de soixante

1. Quotidien fondé en 1973.
2. Faisant ressurgir.
3. Massacre de centaines de civils palestiniens réfugiés dans ce camp, situé près de Beyrouth, par les milices libanaises de droite, et à la vue des soldats israéliens. À l'époque, Menahem Begin était le chef du gouvernement conservateur.

personnes dont les corps avaient été amenés à l'Institut Médico-légal dès le lendemain de la manifestation. Celui de Roger Thiraud devait faire partie du lot. Nouvelle coïncidence, cette commission a vu le jour grâce à l'insistance de l'actuel Ministre de l'Intérieur.

– Et le résultat ?

– « Classé sans suite ». Il était établi, dans les conclusions du rapport, que la police parisienne avait répondu à sa mission, en protégeant la capitale d'une émeute déclenchée par une organisation terroriste. Très peu de choses ont été rendues publiques. Il existe deux volumes des travaux de cette commission et une synthèse de l'action des différents groupes d'intervention au cours de cette nuit. Un au Ministère, l'autre ici, dans les archives de la Police Nationale.

Dalbois se leva en souriant.

– Eh bien, c'est celui-ci que je désire consulter.

Tonino Benacquista (1961)
La Commedia des ratés, 1991

De Dario, un ami assassiné, Antonio hérite une vigne « au pays », en Italie. Mais il comprend vite que ce vignoble attire les miracles et les pires ennuis. Les hommes du Vatican, eux-mêmes, s'en mêlent.

Nuit.

Une portière qui claque. J'ai cru qu'ils revenaient.

Deux hommes tout en noir se sont penchés vers moi pour me tirer du fossé, l'un sous les aisselles et l'autre par les jambes. Et m'ont engouffré à l'arrière de la Mercedes. C'est quand on m'a posé une couverture sur les épaules que j'ai reconnu les deux émissaires[1] du Vatican[2].

Juste à côté de moi, j'ai enfin pu voir le visage de cet homme qui hier accompagnait l'évêque sans pourtant sortir de la voiture.

Un visage maigre, des petites lunettes ovales, des cheveux coupés en brosse, des lèvres épaisses où on lit un sourire calme. Il porte un costume noir avec une petite croix au revers. Patiemment, il a attendu que je retrouve mes esprits, sans bouger, sans rien dire. Je me suis emmitouflé dans la couverture en me recroquevillant le plus possible.

– Vous traversez de pénibles épreuves...

– Vous parlez français... ?

– Je parle quatre langues, mais je n'utilise pas la vôtre aussi souvent que je le voudrais.

– Vous vous débrouillez plutôt bien.

Une voix sereine qui apaise tout ce qui se passe autour. Un regard totalement relâché, des yeux fixes qui ne cillent jamais. Aucune com-

1. Envoyés, représentants. 2. État pontifical.

paraison avec tous ces hystériques dont on ne voit que les dents et qui crachent leurs mots. Il pose le bout de ses doigts sur mon avant-bras.

– N'attrapez pas froid. En été, c'est redoutable.

– Vous me raccompagnez ?

– Bien sûr.

Il fait signe à ses hommes de monter et de démarrer. Une vitre nous sépare d'eux. Je n'ai pas eu besoin de leur donner l'adresse.

– Qui peut prétendre voir clair dans les desseins[1] du Seigneur ? Vous êtes le propriétaire de cette vigne, monsieur Polsinelli ?

– Oui. Et vous ?

– Mon nom ne vous dirait pas grand-chose. Disons que je suis un homme de finances, il en faut n'est-ce pas ? C'est même une rude tâche que de gérer le patrimoine de l'Église.

– ...?

– Je ne vais pas rentrer dans le détail, mais pour simplifier on pourrait dire que je suis en quelque sorte, le banquier... Oui, disons-le, le banquier du Vatican.

Les caves du Vatican, les trésors du Vatican et toutes les histoires qu'on raconte à ce sujet. Je me suis mis à trembler sans plus savoir s'il s'agissait du froid. J'ai réussi à freiner une tempête de curiosité qui m'aurait fait poser deux mille questions plus indélicates les unes que les autres.

– Demain aura lieu cette messe. Vous vous doutez bien qu'une telle cérémonie servira d'« officialisation » – le mot est correct ? – du culte de Sant'Angelo par notre Église. Vous rendez-vous compte de ce que ça suppose ?

---

1. Projets.

Que le miracle est homologué[1]. La vigne devient un authentique lieu saint. Reconnu et honoré par la plus haute autorité.

Je ne voulais pas faire remonter les choses aussi loin. Dario non plus. Je comprends mieux l'acharnement des deux enquêteurs.

– Des milliers de pèlerins vont venir se recueillir aux pieds du saint. Il faudra construire une nouvelle chapelle, organiser des offices, et cætera… Demain sera un grand jour. Qu'est-ce que vous en pensez ?

Le plus grand mal. Je n'avais rien prévu de tout cela. Rien. Ni le raz de marée des commerciaux, ni le débarquement des Américains, ni la convoitise de la ville, ni le doigt de Dieu qui pointe son sacrement. Je voulais juste un petit coup d'éclat, un petit miracle aux alouettes, et basta, je rentrais chez moi avec une prébende[2]. Voilà.

Il a croisé les bras, avec toujours cet étrange sourire aux lèvres. À la réflexion je me demande si c'est vraiment un sourire.

– Mais imaginez un instant qu'au lieu de cette bénédiction on annonce aux fidèles que toute cette entreprise diabolique n'a servi qu'à leur extirper[3] le denier du culte. Que des impies[4] ont violé la mémoire d'un saint pour engraisser les marchands du Temple.

– Qu'est-ce que vous voulez dire… Je ne…

– Que la chapelle a brûlé à l'essence, que la statue a été ignifugée[5], que la bâtisse a été soigneusement « préparée » pour s'ouvrir ainsi, et que Marcello Di Palma est un formidable acteur. Vous niez ?

À quoi bon. Depuis le début j'ai senti que ces gars-là n'étaient pas du genre à crier hosanna[6] devant un tas de braises mortes. Dario a essayé

1. Enregistré, reconnu.
2. Bénéfice.
3. Voler.
4. Ceux qui ne respectent pas la religion.
5. Enduite d'un produit qui protège du feu.
6. Se réjouir de quelque chose.

de jouer au plus fin avec les ministres du Très-Haut. Voilà. Et comme un con, j'ai suivi. Comment ai-je pu me croire assez malin pour rivaliser avec eux ?

Hein, Antonio ? T'as l'air de quoi, maintenant. Fallait bien que ça finisse un jour. À côté d'eux, Parini et ses trois petites frappes sont des guignols.

– Qu'est-ce que vous comptez faire ? je demande.

– Crier publiquement le sacrilège. Vous remettre aux autorités, et notre mère l'Église veillera à ce que vous ne sortiez pas de la geôle avant trente ans. Elle en a le pouvoir. Imaginez la déception de nos fidèles et de tous ceux que vous avez trompés. Le peuple de Sora et de toute la région. Et je ne parle que de la justice des hommes. La moins terrible. Vous avez commis le péché suprême.

La voiture est déjà entrée en ville.

– À moins que vous et moi nous trouvions un *modus vivendi*[1]. La solution la plus heureuse pour nous tous. Le principal est d'épargner à nos fidèles un aussi cruel aveu, je vous l'ai dit, qui peut prétendre voir clair dans les desseins du Seigneur ? Peut-être vous a-t-il délégué, vous, pour rendre hommage à notre bon Sant'Angelo, trop tôt oublié, je vous l'accorde…

Silence. Je me mords la lèvre pour éviter de dire une connerie.

– Et avec tout l'argent que pourrait rapporter la récolte de ce vin, nous saurions quoi faire. Nos projets sont multiples. Bâtir un hôpital, créer un lieu saint, des écoles. Nous n'avons pas encore décidé. Il nous faut tant d'argent pour toutes les œuvres qui nous restent à accomplir. Ce vin pourrait être une aubaine pour tous les malheureux. Je vais sans doute vous l'apprendre, mais nous avons été surpris par la somme des

---

1. Accord.

demandes de paroisses qui voudraient utiliser le vin de Sant'Angelo pour célébrer les offices. C'est là que nous est venue l'idée d'en faire le vin de messe officiel à travers toute l'Italie…

– Vous plaisantez… ?

– Est-ce que j'en ai l'air, monsieur Polsinelli ? Mais, après tout, rien de ceci ne vous regarde. Ma proposition est simple : vous lâchez tout, les actes de propriété, les réserves, et tous vos calculs dérisoires. Nous savons mieux que tous les petits gestionnaires que vous fréquentez comment procéder. Autrement dit : faites-nous un don…

– Un don ?

– Disons qu'aux yeux de tous c'en sera un. En contrepartie nous versons annuellement 500 000 de vos francs sur un compte anonyme que vous ouvrirez dans la banque de votre choix.

La voiture s'arrête devant chez Bianca. Les derniers clients du bar sont hypnotisés par mon arrivée en Mercedes. Le conducteur sort pour m'ouvrir la porte. Le patron du bar croit à une hallucination.

– J'ai entendu dire que vous aviez des problèmes avec la ville. Et peut-être avec d'autres, encore…

– Vous êtes bien renseigné.

– Les voies du Seigneur sont impénétrables, n'est-il pas… Réfléchissez à cette proposition. Mais avez-vous le loisir de refuser ?

Non. Bien sûr que non. Il le sait aussi bien que moi.

– Et sachez que si vous acceptez notre marché, vous bénéficiez totalement de notre protection. Je ne pense pas que qui que ce soit oserait la mettre à l'épreuve.

Avant de repartir, il a ajouté :

– Pour ça, ne vous faites pas de souci. Je passe vous prendre vers onze heures ? Et nous irons ensemble à la cérémonie, n'est-ce pas ?

Il a relevé sa vitre et leur voiture s'est évanouie en silence.
Autour de moi, des visages mauvais, étonnés, silencieux.
J'aurais pu me faire lyncher[1] dans la plus grande impunité[2].
Mais personne n'a osé m'approcher à moins de dix mètres.
J'ai senti comme un champ magnétique tout autour de moi.

1. Massacrer.
2. Sans que personne ne soit puni.

Après-texte

Lire

La situation d'énonciation

1 Quels sont les deux textes traduits de l'anglais ? Relevez, dans chaque extrait, des éléments qui permettent de situer l'action dans l'époque contemporaine de l'auteur (seconde moitié du XIXe siècle).

2 Identifiez le narrateur des trois récits écrits à la première personne du singulier et précisez son statut. S'agit-il d'un criminel, d'un détective, ou d'un ami et historiographe de celui-ci ? Dans le récit mené à la troisième personne, aidez-vous des lignes 1 à 22 pour nommer les quatre personnages présents. Précisez la fonction de chacun.

L'intrigue et les procédés dramatiques

3 Déterminez précisément, pour chaque extrait, la nature et le mobile de l'affaire. Qu'est-ce qui pouvait plaire, dans chacune d'elle, à un lecteur de romans ou de journaux ? Commentez cette exclamation du comte de Commarin (p. 23, l. 48) : « Est-ce que tout ne se découvre pas, tôt ou tard ! »

4 Les textes d'Edgar Poe et de Conan Doyle présentent la criminologie comme une science exacte. Qualifiez les méthodes d'investigation du préfet et de ses hommes (*cf.* « nous »), puis nommez la méthode de Sherlock Holmes à l'aide de cette réponse qu'il fait à Watson, page 27, ligne 30 : « Je le vois. Je le déduis. » Quelle est la fonction des phrases interrogatives dans les deux extraits ?

5 Identifiez le caractère dramatique de chaque extrait. Quel est le nœud de la situation ? Quel personnage ou quel événement le dénoue ?

6 Observez la réaction du narrateur et du préfet au moment où Dupin révèle que la lettre est en sa possession. Quel est le champ lexical dominant dans les lignes 133-137, page 14 ? Comment Watson réagit-il aux raisonnements de Holmes ? Appuyez votre réponse sur des citations du texte.

7 À l'aide du vocabulaire, montrez la dualité des sentiments du juge d'instruction Daburon à l'égard du comte Commarin (p. 23). Quelle est la cause première de sa volonté d'atterrer le vieil aristocrate ? Au-delà du face à face criminel/justicier, qu'est-ce qui les oppose, notamment du point de vue social ?

Ébranler les nerfs du lecteur

8 Pourquoi le narrateur de *La Lettre volée* et le docteur Watson peuvent-ils être des doubles du lecteur ? Celui-ci en sait-il plus que ces personnages ?

9 Quelles qualités sont fascinantes chez Holmes ? Qu'est-ce qui le place au-dessus du juge d'instruction de *L'Affaire Lerouge ?*

10 Dans *L'Assassinat du Pont-Rouge*, qu'est-ce qui est troublant chez le personnage de criminel incarné par Clément ? Quels sont les principaux traits de sa psychologie ? Le comte de Commarin ressent-il de la volupté dans le crime (*cf.* p. 20, l. 147) ? En quoi Clément peut-il incarner le mal ?

11 Des trois discours (narratif, descriptif, explicatif), quel est le plus utilisé dans les extraits proposés ? Pourquoi ?

Écrire

12 Imaginez le dialogue entre le préfet et Dupin au moment où celui-ci révèle qu'il a la lettre. Vous respecterez la mise en pages, la typographie et la ponctuation des paroles rapportées au discours direct.

13 Imaginez, en une quinzaine de lignes, la lettre dans laquelle le comte de Commarin avoue son idée funeste à son fils légitime et demande à celui-ci de lui pardonner.

Chercher

14 De quel autre genre littéraire Edgar Poe fut-il le maître ?

15 Établissez le lien entre Charles Baudelaire, Edgar Poe et Charles Barbara.

16 *L'Affaire Lerouge* a d'abord paru en feuilleton pour le journal *Le Pays*. Faites une recherche sur la forme du roman-feuilleton et sur son lectorat. Citez des contemporains de Gaboriau dont l'œuvre a d'abord paru sous cette forme.

17 Le couple Holmes/Watson est l'un des couples les plus célèbres du roman policier. Quels autres couples d'enquêteurs connaissez-vous, dans la littérature ou au cinéma ?

À SAVOIR

POINT DE VUE INTERNE ET STATUT DU LECTEUR DANS LE ROMAN POLICIER

Dans trois de ces extraits, le récit est mené à la première personne du singulier par un personnage participant à l'histoire : l'ami de Dupin, Clément, l'assassin du Pont-Rouge, et Watson, le double de Sherlock Holmes. On a un **point de vue interne**, qui fait que le lecteur prend connaissance des faits à travers les yeux et la conscience du narrateur : il voit ce qu'il voit, entend ce qu'il entend, suit la pensée qui lui est propre. Il en sait autant que lui, mais pas plus. Au cinéma, c'est ce que l'on appelle la **caméra subjective**.

Ce procédé, souvent utilisé par le roman policier, a des conséquences sur la position et les attentes du lecteur. Comme le point de vue est partiel – pas omniscient –, il permet à l'auteur de garder momentanément secrets, inexpliqués, certains aspects de l'histoire qu'il a conçue, et au lecteur de participer au récit, d'émettre des hypothèses.

LES HÉRITIERS DIRECTS : LES MAÎTRES DU ROMAN À ÉNIGME

Lire

Portraits

1 Caractérisez le narrateur de chaque extrait. Est-il omniscient ou interne ? Dans quel récit retrouve-t-on le couple héros/narrateur-historiographe des aventures de Sherlock Holmes ?

2 Rouletabille est-il un détective professionnel ? Quelle est son activité officielle (*cf.* p. 35) ? Donnez deux qualités héritées de son modèle anglais (*cf.* p. 33 à 35). À quoi son ami le compare-t-il (p. 38) ? Relevez les deux groupes nominaux comparants.

3 Relisez le portrait d'Arsène Lupin, page 44, lignes 99 à 108. Mettez en évidence l'ambivalence du personnage en relevant les connecteurs logiques. Quel est le mot-clef du portrait (l. 106) ?

4 Expliquez pourquoi, dans les *Dix Petits Nègres*, assassin et justicier sont des rôles interchangeables. A-t-on un héros ?

5 Qu'est-ce qui différencie Maigret de toutes les figures d'enquêteurs approchées jusqu'ici ? En quoi est-il plus « humain » que les autres ? Quelle phrase le présente comme un limier ? Rappelez le sens figuré et le sens propre de ce mot.

Énigmes

6 Le mot « énigme » est polysémique. Donnez sa définition exacte, dans le contexte littéraire du roman policier. Quelle est sa nature dans les trois premiers extraits ? Appuyez-vous sur le texte. Laquelle semble la plus inexplicable ?

7 Relevez, dans les propos de l'ami de Rouletabille et du père Jacques, les expressions qui soulignent le caractère extraordinaire de l'affaire. Quelle est la fonction des passages en italique ? Rouletabille partage-t-il cette stupeur ?

8 Montrez que l'extrait de *L'Arrestation d'Arsène Lupin* s'intéresse davantage à l'énigme du personnage qu'à celle des pierres disparues.

9 Observez la longueur des répliques dans l'extrait du roman *Dix Petits Nègres*. Quel effet, sur la situation et le lecteur, Agatha Christie recherche-t-elle ? Comment appelle-t-on, au théâtre, ce type de répliques ?

10 Reportez-vous aux lignes 46-51 du texte de Georges Simenon (p. 51 à 53), et dites ce qui attire Maigret dans une affaire.

11 Gaston Leroux fait dire au narrateur du *Mystère de la chambre jaune* (p. 39, l. 161 à 164) : « [...] ce mystère est le plus surprenant que je connaisse, *même dans le domaine de l'imagination.* Dans le *Double Assassinat dans la rue Morgue*, Edgar Poe n'a rien inventé de semblable. » Quelle puissance reconnaît-il, par cette affirmation, au roman policier ?

Jouer avec le lecteur

12 Dans quels extraits l'auteur ouvre-t-il de fausses pistes ? Dans quel texte le coupable donne-t-il des indices concernant son *modus operandi*, au risque de se dénoncer ?

13 Quelle est la part de provocation, de défi lancé à l'intelligence, dans ces extraits ?

14 Recherchez et identifiez les procédés que ces auteurs empruntent au théâtre.

Écrire

15 Imaginez, en une vingtaine de lignes, la narration qui pourrait précéder l'incipit de l'extrait du roman *Dix Petits Nègres*, page 45, lignes 1 à 8. Terminez votre texte par cet incipit.

16 Quel extrait vous a donné envie de lire le récit intégral ? Justifiez votre point de vue à l'aide de trois arguments. Organisez votre devoir en paragraphes.

Chercher

17 Les romans de Gaston Leroux sont souvent rangés dans la catégorie des romans populaires. Quels sont les constituants de ce genre littéraire ? Quel est le titre de la suite que Leroux a donnée au *Mystère de la chambre jaune* ?

18 Cherchez les adaptations pour le cinéma et la télévision de la série romanesque des « Arsène Lupin » et de celle des « Maigret ».

À SAVOIR

POUR FAIRE UN ROMAN POLICIER...

Pas de « recette » à proprement parler pour le roman policier, car, depuis ses origines, le genre s'est extrêmement diversifié. Mais plusieurs critiques et écrivains (Boileau-Narcejac, Raymond Chandler ou Tzvetan Todorov) ont posé des principes fondamentaux. En 1937, date contemporaine des extraits de cette étape, le critique François Fosca, dans *Histoire et technique du roman policier*, établit six principes :

– l'affaire qui constitue le sujet est un mystère en apparence inexplicable ;
– un personnage – ou plusieurs – est considéré à tort comme le coupable, parce que des indices semblent l'accuser ;
– une minutieuse observation des faits, la discussion des témoignages et, surtout, une rigoureuse méthode de raisonnement, triomphent des théories hâtives ;
– la solution qui concorde parfaitement avec les faits est totalement imprévue ;
– plus un cas paraît extraordinaire, plus il est facile à résoudre ;
– lorsque l'on a éliminé toutes les impossibilités, ce qui demeure, bien qu'incroyable, est la bonne solution.

À LA FRONTIÈRE DES GENRES : ANGOISSE ET MYSTÈRE DANS LE ROMAN POLICIER

Lire

Mélange des genres

1 Précisez, pour chaque texte, la nature du mystère, l'identité de l'enquêteur – ou du témoin – et son statut. Classez les cas en évaluant leur degré d'anormalité. Associez chacun d'eux à l'un de ces mots ou groupe de mots : « disparition », « prodige », « situation absurde », « magie noire ».

2 Relevez les éléments (lieux, personnages, objets...) qui inscrivent chaque récit dans un cadre réaliste, puis relevez les éléments qui les tirent vers le fantastique, c'est-à-dire qui installent ou font surgir l'irrationnel. Appuyez-vous sur le vocabulaire.

3 Observez la réaction des témoins à la manifestation du mystère. Nommez-la précisément. Quel personnage avoue : « Ma vie est ébranlée jusque dans ses racines » ? À l'opposé, quel est celui qui prend le plus de distance face à l'incompréhensible ?

4 Quels sont les effets recherchés sur le lecteur ? Quels personnages en sont les vecteurs ? Dans quel texte le narrateur avoue-t-il la défaite de la raison – et de la science – devant le mystère observé ? Émet-il un doute sur ce qu'il a vu et entendu ? En quoi ce « spectacle » résiste-t-il à toute analyse rationnelle ?

Entretenir et éteindre la peur

5 Montrez, dans les trois autres extraits, la volonté de l'enquêteur de trouver une solution au mystère. Relevez, dans chaque texte, une ou plusieurs phrases clés exprimant cette détermination.

6 Quelles armes, quels moyens sont utilisés pour découvrir la solution du mystère ? Celle-ci sera-t-elle obtenue graduellement ou soudainement ? Comment appelle-t-on l'effet créé par le retardement de cette solution ?

7 Pour chaque extrait, évaluez la part dévolue au récit du mystère (narration, description, effets sur les personnages, réactions...) et la part dévolue au désir de dévoilement, au raisonnement. S'équilibrent-elles ?

8 Qu'est-ce que les emprunts au genre fantastique peuvent apporter au roman policier ?

9 Deux de ces récits ont été écrits pour un lectorat adolescent. Lesquels, selon vous ? Justifiez votre réponse.

Écrire

10 Quel est, selon vous, l'extrait le plus efficace dans la création de la peur, voire de l'horreur ? Répondez à l'aide d'arguments. Appuyez votre démonstration sur des citations du texte que vous intégrerez à votre développement.

11 Récrivez les paroles d'Ellery Queen (p. 76, l. 155 à 160) au discours indirect, en commençant votre texte par « Ellery dit que .... ». Conservez le système du présent.

12 Le numéro 95 a bien rallié les États-Unis. Appuyez-vous sur la note rédigée par Macroy (p. 64-65) pour raconter son voyage et son arrivée à New York. Votre récit sera mené à la première personne du singulier.

Chercher

13 Le docteur Lanyon décrit la physionomie du criminel Hyde (p. 55). Ce passage renvoie à un discours scientifique apparu au XIXe siècle : la physiognomonie. Quelle est cette méthode ? Qui était Lavater ?

14 Outre *Les Disparus de Saint-Agil*, quels sont les romans de Pierre Véry qui ont ensuite été adaptés au cinéma ?

15 Quelle est l'aventure de Sherlock Holmes dont le héros éponyme est un animal quasi fantastique ? Citez un cycle policier contemporain dont le héros est un chat.

16 Citez deux auteurs américains de la littérature contemporaine dont l'œuvre mêle fantastique – ou horreur – et policier.

À SAVOIR

ROMAN FANTASTIQUE ET ROMAN POLICIER

Edgar Poe a développé son œuvre dans deux directions : les histoires policières (*Double Assassinat dans la rue Morgue, La Lettre volée*), dans lesquelles le détective amateur est le chevalier Dupin, et les histoires extraordinaires, dont certaines peuvent être lues comme des intrigues policières inabouties, faute de personnage-enquêteur.

De fait, nous pouvons établir des ponts entre les deux genres. Les deux types de récit ont des constituants communs :

– le mystère « surgit » dans un cadre le plus souvent réaliste ;
– le héros se trouve confronté à des événements qui défient sa perception, sa raison, ses valeurs ; narration et raisonnement coexistent ;
– la mort, le crime, le mal s'invitent à sa table ;
– l'intrigue repose sur une lutte entre rationnel et irrationnel ;
– il s'agit souvent de récits qui posent la question de la limite entre la vie et la mort, le licite et l'illicite, et celle de la transgression ;
– le récit est souvent mené à la première personne du singulier par un narrateur-personnage ;
– parmi les principaux procédés dramatiques, on trouve le retardement de l'action, des intrigues qui se développent parallèlement, les fausses pistes, les retournements de situation.

Une différence majeure, qui, cependant, ne permet pas de confondre l'un et l'autre genre : le doute persiste dans le récit fantastique classique, alors que le roman policier donne une solution au problème, au mystère.

Lire

Portraits en noir et rouge

1 Identifiez le personnage principal de chaque extrait. Qui est un « privé », un commissaire, un flic démissionnaire, un enquêteur malgré lui, un jeune inspecteur ? Deux d'entre eux livrent un autoportrait. Lesquels ?

2 En quoi sont-ils des héros problématiques (Adamsberg mis à part, au moins dans cet extrait) ? Quelle est la part d'obscurité de chacun ?

3 À quels types de transgressions sont-ils confrontés ? Faites un rapide portrait de chaque « suspect » nommé (Wade, Cathy, « le semeur »). Quels sont les personnages mis en accusation dans *La Fée carabine* et *Chourmo* ? Sont-ils des figures traditionnelles du roman policier ?

4 Dans quels textes l'évocation de la ville est-elle centrale ? De quelle ville, de quels quartiers s'agit-il ? Quels aspects en sont montrés ? Faites un relevé précis de la toponymie.

« Mais la violence, commissaire. La violence de l'homme. » (*Pars vite et reviens tard*)

5 De quel type de violence s'agit-il dans chaque extrait ? Qui en est l'auteur ? Comment se manifeste-t-elle ? Qui en sont les victimes ?

6 Étudiez le thème du « noir » dans ses représentations, propres et figurées.

7 Dans quel texte peut-on parler de violence sociale ? Cette thématique apparaissait-elle dans les textes précédents ? De quelles réalités le roman noir est-il le miroir ?

8 Sur la jaquette des premiers volumes de la « Série noire », Marcel Duhamel, le créateur de cette collection, écrivait : « Que le lecteur non prévenu se méfie : les volumes de la "Série noire" ne peuvent pas sans danger être mis entre toutes les mains. » Justifiez cet avertissement.

Désenchantements

9 Nommez l'attitude de chaque enquêteur face à son objet : autodérision, anticonformisme, immoralité, engagement, humour... Associez chaque comportement à son sujet. Quels personnages expriment des émotions ? Lesquelles ?

10 Quel niveau de langue caractérise le roman noir ? Justifiez cet emploi.

11 Montrez que ces textes expriment un point de vue sur la condition humaine et qu'ils sont porteurs, en creux, d'une morale, d'une éthique.

Écrire

12 Le narrateur de *Matin de canicule* revient dans la chambre de Cathy pour récupérer ses clefs. Écrivez la scène en imaginant le décor, l'échange entre les personnages et sa conclusion, selon les codes du roman noir. Le récit doit être mené à la première personne du singulier.

13 Imaginez le portrait physique de Marlowe (*The Long Goodbye*) à partir de ce qu'il dit de lui. Vous pouvez travailler à partir de la photo de l'un des acteurs ayant incarné le « privé » dans le cinéma américain des années 1940 et 1950 (Humphrey Bogart, Frank Sinatra...).

Chercher

14 Faites une recherche sur la relation entre fait divers et roman policier. L'un inspire-t-il l'autre ?

15 Établissez une liste de classiques du polar noir dans le cinéma américain et français des années 1940 à 1970.

16 Deux romans complètent *Chourmo* pour former une trilogie. Citez leur titre et présentez rapidement l'intrigue de chacun d'eux.

17 Fred Vargas est une femme écrivain. Citez d'autres figures marquantes du roman policier au féminin.

À SAVOIR

L'EMPLOI DES NIVEAUX DE LANGUE

L'une des caractéristiques du roman noir est l'emploi par l'auteur du niveau de langue familier. Il est présent dans chaque extrait de cette étape, d'abord à travers les passages de paroles rapportées : Marlowe dit d'un roman de Wade que c'est « de la foutaise » (p. 81, l. 51) ; Pastor dit que la personne suspectée s'est « mise à table » (p. 92, l. 10) ; Fabio Montale utilise l'argot pour désigner les jeunes de la cité (« ces minots », p. 106, l. 78)...Il peut aussi être utilisé dans les passages narratifs, si le narrateur est un « je » qui s'exprime dans ce registre (*The Long Goodbye, Matin de canicule, Chourmo*).

Le choix du registre familier permet de caractériser le personnage du roman noir. Il le situe dans un milieu socio-culturel précis, défini par son langage : en général, celui des « flics », des requins de toute espèce, des « durs à cuire » (les Américains ont appelé le roman noir *hard boiled*). D'où l'emploi d'une syntaxe altérée, parfois simplifiée, et de l'argot propre au milieu dans lequel évoluent et échangent les personnages. Cela n'exclut cependant pas la richesse des images et les figures de style : « Requins de la pellicule » (*The Long Goodbye*), « Il restait là, buvant sa troisième bière, comme un champion de rodéo devant le beau mustang noir, maté pour la vie » (*La Fée carabine*), « Faut les choper pendant leur déjeuner » (à propos des puces, dans *Pars vite et reviens tard*), « Comme un quignon de pain pour celui qui a faim » (à propos de la Méditerranée, dans *Chourmo*).

Car ce qui fait la richesse du roman noir, c'est souvent une combinaison subtile de registre familier et de registre soutenu, créatrice de décalages et de multiples effets, parfois comiques, parfois dramatiques, comme dans *Matin de canicule* : il y a un « jeu » entre la description lyrique de la parade amoureuse (la « joute sévillane ») et l'échange bref, trivial, des amants au réveil. Le roman noir existe aussi en rouge... sang.

LE ROMAN POLICIER : REGARDS SUR L'HISTOIRE ET LA SOCIÉTÉ

Lire

Histoire et roman policier

1 Dans les trois premiers extraits, relevez les informations qui renseignent le lecteur sur le contexte historique. Dans le dernier, relevez celles qui inscrivent le récit dans la période contemporaine.

2 Identifiez, pour chaque extrait, les forces qui s'opposent et l'objet de leur affrontement.

3 Nommez les hommes de pouvoir et faites un rapide portrait de chacun d'eux. En quoi peut-on dire qu'ils se comportent comme des « gangsters », quelle que soit leur fonction ?

4 Pour chaque extrait, démontrez le lien entre histoire et meurtre. Relevez une phrase qui l'illustre.

« Classé sans suite »

5 Montrez comment les représentants de chaque pouvoir organisent le silence autour du crime. Au nom de quelle instance agissent-ils ?

6 Qui sont les victimes de leur entreprise criminelle ? Lesquelles ont survécu au piège ? Lesquelles y ont trouvé la mort ?

7 Quels sont les enjeux de cette organisation de l'oubli que chaque extrait dévoile ?

Les « révélateurs »

8 Repérez les passages de narration rétrospective en précisant qui raconte (il peut y avoir deux narrateurs, deux points de vue). Quel est le temps verbal utilisé dans ces passages ?

9 Pour chaque crime, quels sont les indices, les traces, disponibles ou recherchés ?

10 Dans les trois premiers textes, quels sont les enjeux de l'enquête, au regard de la vérité historique ?

11 Pourquoi peut-on établir un lien entre le travail de ces révélateurs et celui des historiens ?

12 Quelle est la spécificité du projet d'écriture des quatre auteurs de cette séance ? Qu'est-ce qui caractérise leur traitement du genre policier ?

Écrire

13 Vous êtes journaliste et on vous demande de raconter dans un court article la « combine » des gens qui font du marché noir de pénicilline. Appuyez-vous sur les lignes 4 à 19 de la page 116 et aidez-vous d'un article de quotidien.

14 Imaginez un décor pour l'extrait du *Nom de la rose* (p. 109 à 115). Rappelez-vous que ce roman policier se passe au XIVe siècle, à la fin de la période gothique.

15 À partir des indices donnés dans l'extrait de *Meurtres pour mémoire* (p. 122 à 127), faites raconter par Roger Thiraud les minutes précédant son assassinat.

Chercher

16 Faites une recherche sur les abbayes qui, au Moyen Âge, conservaient les manuscrits – parfois interdits – de l'Antiquité grecque et latine. Que signifiait « mettre un livre à l'index » ?

17 Pourquoi la pénicilline représente-t-elle un enjeu aussi important, à la fin de la Seconde Guerre mondiale ?

18 Renseignez-vous sur la manifestation du 17 octobre 1961 et sur les événements qui l'entourèrent. Quel fut le rôle du roman de Didier Daeninckx dans la réouverture d'un dossier « classé sans suite » ?

19 Le narrateur de *La Commedia des ratés* évoque les « trésors du Vatican » (l. 38, p. 129). À quoi fait-il référence ?

À SAVOIR

ÉCRIRE EN CONTRE

Dans un entretien avec Christiane Cadet, publié dans *Écrire en contre*, aux éditions Paroles d'Aube, en 1997, Didier Daeninckx parle en ces termes éclairants et toujours d'actualité de l'écriture d'un roman noir : « Moi, je suis contre le pouvoir, contre la disparition de la mémoire. […] Qu'est-ce que fait un enquêteur sinon comprendre pourquoi la catastrophe est advenue à partir des traces ? C'est toujours un travail sur les traces : celles laissées par l'assassin, par la victime, par les indifférents. C'est toujours une remontée dans les traces. C'est pour ça que le roman policier est fabuleux, d'une modernité incomparable. À une époque où le robinet n'arrête pas de couler, où on n'a pas encore eu le temps de réfléchir sur les choses qu'elles sont déjà mortes […] le travail des traces, le travail de compréhension, de freinage du temps, incombe uniquement aux romanciers et, bien plus tard, dans un deuxième temps, aux historiens. […] Le travail sur les traces est actuellement au cœur du roman policier, ce qui explique la fascination qu'il exerce dans le monde littéraire. »

Lire

1 Quel est le siècle qui donne naissance au roman policier ? Pourquoi, selon vous, le texte d'Edgar Poe est-il placé en tête de ce recueil ? Rappelez le nom du poète qui l'a traduit et présenté au public français.

2 Faites une recherche sur le chevalier Dupin, brillant détective amateur de *La Lettre volée*. Quelles sont les figures de détectives inspirées de ce personnage père ? Quel est l'héritier qui présente le même don d'observation et de déduction ? Quelle est la qualité nécessaire partagée par tous les enquêteurs ?

3 Le succès du roman policier est lié à l'essor de la presse et du format feuilleton. Parmi les auteurs présentés dans les deux premières étapes, quels sont ceux dont le travail a d'abord paru sous la forme du roman-feuilleton ? Pourquoi cette forme convient-elle parfaitement à l'intrigue policière ?

4 La figure du criminel est récurrente dans le récit depuis l'Antiquité : pensons à celle d'Œdipe, assassin de son père Laïos, ou à celle de Caïn, assassin de son frère Abel. Cependant, quel est le personnage dont la création, au XIXe siècle, marque l'apparition du roman policier ?

5 En résumé, quels sont les quatre types de personnages caractéristiques de ce genre ? Quels rôles secondaires peut-on y trouver ? Rappelez ce que l'on entend par « genre » en littérature.

6 Montrez, en vous appuyant sur quelques extraits, que trois constituants sont nécessaires au genre policier : intrigue, suspense et résolution d'une énigme.

7 Quels types de discours sont utilisés dans la narration de l'enquête ? Quel est celui que privilégie l'histoire du crime ? Quelle est la fonction des passages de paroles rapportées ?

8 Délimitez la frontière entre le genre fantastique et le genre policier. Qu'est-ce que le premier apporte au second ? Existe-t-il, dans la littérature contemporaine, un genre hybride ?

9 Rappelez les caractéristiques du roman noir, américain et français. Pourquoi la ville y tient-elle un rôle prépondérant ?

10 Quels sont les objectifs du roman policier quand il met à l'origine de l'intrigue et de l'enquête un problème historique ou de société ?

11 Quels effets ce genre cherche-t-il à produire sur le lecteur ?

Écrire

12 Vous conseillez un roman policier à un camarade de classe. Quels arguments utilisez-vous pour le convaincre de lire l'ouvrage ?

13 Vous avez la possibilité d'interviewer Sherlock Holmes – ou un autre enquêteur de ce recueil – au sujet de son métier (motivations, méthodes, affaires mémorables, succès, échecs, rencontres saisissantes...). Rédigez cette interview à partir d'un modèle trouvé dans un quotidien ou un magazine.

14 Quel est le détective dont vous aimeriez partager les enquêtes, ou dont vous aimeriez être l'historiographe ? Justifiez votre réponse par plusieurs arguments.

Chercher

15 Relisez le mythe d'Œdipe et justifiez le fait que plusieurs critiques voient en lui un Janus, à la fois enquêteur et criminel. Quel est le roman d'Agatha Christie dont le narrateur est, lui aussi, un Janus ?

16 Qui était Vidocq ? Faites une recherche sur les *Mémoires* qu'il publia en 1828, et qui constituent la matrice de la police criminelle et de nombreux constituants du roman policier.

À SAVOIR

APPRENDRE À ÉCRIRE UNE CRITIQUE LITTÉRAIRE

Il s'agit d'un exercice difficile, mais nécessaire, qui s'intègre au carnet de lecture, mémoire des livres que vous avez lus. Il s'agit d'apprendre à ne pas paraphraser l'histoire, mais à donner une opinion personnelle et argumentée. Pour cela il faut :

– commencez par présenter la situation d'énonciation (qui raconte et à qui ? où et quand l'histoire se déroule-telle ? qui sont les principaux personnages ?) ;

– puis présentez l'intrigue en suivant les étapes du schéma narratif, jusqu'à la situation finale ;

– créez une colonne « bonnes raisons de lire ce livre », en déterminant ce que vous avez apprécié (personnages, cadre, atmosphère, intrigue, thèmes principaux, écriture). Vous pouvez également établir une colonne « bonnes raisons de ne pas lire ce livre » que vous renseignerez selon le même principe ;

– enfin, proposez un passage qui vous a particulièrement plu.

INTERVIEW EXCLUSIVE

Pour la collection « Classiques et Contemporains », Didier Daeninckx a accepté de répondre aux questions de Josiane Grinfas, professeur de Lettres et auteur du présent appareil pédagogique.

Josiane Grinfas : Comment définiriez-vous le récit policier ? Quelles sont les caractéristiques qui le distinguent des autres récits ?

Didier Daeninckx : Le problème posé par la définition d'un genre littéraire réside dans le fait que les écrivains s'ingénient chaque jour à contredire les lois admises tout en en inventant de nouvelles ! Le roman policier peut ainsi se diviser en roman à énigme, en roman de procédure, en roman d'enquête scientifique, en roman noir, en polar… Et si l'on regarde d'un peu plus près, on s'aperçoit que chaque auteur, en fait, privilégie un aspect de ce genre littéraire, le met au premier plan. Ce peut être la description de la figure du justicier, de celle du criminel, la logique déductive, l'influence de la ville moderne sur le parcours des individus, le poids que l'histoire fait peser sur les gens ordinaires. Nombre de romanciers ont dressé des listes des « ingrédients » nécessaires à une bonne intrigue sans que cela empêche d'autres écrivains de s'en passer allègrement ! Le roman policier est un exercice de liberté comme toutes les aventures littéraires. On y fait la chasse aux meurtriers bien sûr, mais on y traque surtout les lieux communs, les stéréotypes, tout ce qui a déjà été dit.

J. G. : Selon vous, pourquoi les romans policiers, français et étrangers, ont-ils été reconnus comme textes littéraires si tardivement ?

D. D. : Au XIXe siècle, qui a pourtant donné naissance aux plus grands génies littéraires, on se défiait du roman pour sa trop grande proximité avec le développement de l'imprimerie, du journal quotidien, du feuilleton. Une méfiance renforcée quand des millions de personnes ont eu accès à l'apprentissage de l'écriture, de la lecture. Quand le roman a fini par s'imposer grâce à Victor Hugo, Honoré de Balzac, Gustave Flaubert, cette défiance s'est focalisée sur le roman d'aventure, le roman policier. Pendant longtemps on a jugé un genre littéraire alors que les romans se jugent à l'unité. Dans les années 1950, on lisait « un polar », « une Série Noire » sans même signaler le nom de l'auteur comme on regarde aujourd'hui une « série télévisée » sans prêter attention au nom du scénariste, du réalisateur. C'est par la force de leur imaginaire que les auteurs comme Simenon, Dashiell Hammett, Raymond Chandler, Daniel Pennac, Manuel Vásquez Montalbán, Fred Vargas, ont réussi à imposer leur singularité.

J. G. : Beaucoup de ces nouvelles et romans ont été adaptés pour la radio, le cinéma ou la télévision. Pensez-vous que ces supports aient permis aux auteurs de toucher plus de lecteurs ?

D. D. : La première grande vogue du roman policier avec Sherlock Holmes, la créature de Sir Arthur Conan Doyle, est contemporaine de la naissance du cinéma, et la révolution littéraire du roman noir américain à la fin des années 1920 coïncide avec la diffusion des postes de radio et l'invention du cinéma parlant. Si le roman s'est appuyé sur l'essor du journal, des hebdomadaires, le roman policier a tout de suite fait corps avec la projection des images et des sons. L'un des tout premiers films policiers de l'histoire du parlant a pour titre *Scarface*, d'après *Little Caesar* du romancier W. R. Burnett. Ce fut un énorme succès, et 50 ans plus tard Brian De Palma s'appuya sur le même texte pour créer le mythe de Tony Montana.

J. G. : Pourquoi avez-vous choisi le genre policier pour fouiller l'histoire contemporaine ?

D. D. : J'ai commencé à écrire des romans noirs au début des années 1980, à une époque où la France rencontrait beaucoup de difficultés à regarder, à analyser son histoire récente marquée par la période de la Collaboration et celle de la décolonisation. Je me suis aperçu que le roman policier pouvait mêler une enquête sur un meurtre ordinaire, individuel, et le mettre en rapport avec les crimes collectifs, les crimes d'État. L'enquête du justicier épousait ainsi la quête de vérité et révélait une partie du passé enfoui.

J. G. : Que diriez-vous à un adolescent pour le convaincre de lire des romans policiers ? Quels conseils lui donneriez-vous pour choisir dans tout ce qui est publié aujourd'hui ?

D. D. : Les romans policiers sont des sortes de machines à lire. Dès le début, la catastrophe a eu lieu et une personne l'a payée de sa vie. On tourne les pages pour revenir en arrière, pour retrouver toutes les traces laissées par cette personne et les indices abandonnés par ceux qui ont tenté d'effacer son passage sur terre. C'est cet inventaire des traces de toutes sortes qui est passionnant : les empreintes, les sons enregistrés sur une messagerie, les sites consultés sur un ordinateur, les traces ADN bien sûr. Mais surtout les sentiments, l'amour, les rêves dont les bribes humaines subsistent dans les cœurs.

On peut aujourd'hui avoir accès aux romans policiers de tous les pays du monde, à des récits énigmatiques sur toutes les époques de l'épopée humaine, mais c'est toujours la magie de la première phrase qui fait que l'on porte les yeux sur la deuxième…

J. G. : Pourquoi de plus en plus d'écrivains choisissent-ils le roman policier pour donner leur vision du monde ?

D. D. : J'ai la conviction que la structure du roman policier est éminemment moderne, et qu'elle est très accueillante à toutes les expériences. Mais c'est surtout un genre littéraire qui place l'exigence de justice au centre de ses préoccupations. Une exigence que l'état du monde ne cesse de rendre plus criante à chaque seconde.

BIBLIOGRAPHIE

• Autour de Didier Daeninckx

Romans

Meurtres pour mémoire, Éditions Gallimard, 1984.

Histoire et faux-semblants, Éditions Magnard, coll. « Classiques et Contemporains », n° 108, 2009.

Cannibale, Éditions Magnard, coll. « Classiques et Contemporains », n° 20, 2001.

Maudite soit la guerre, illustré par Pef, Éditions Rue du Monde, 2014.

Louise du temps des cerises, illustré par Mako, Éditions Rue du Monde, 2012.

Le Chat de Tigali, illustré par Juillard, Éditions Syros, 1988.

Le Der des ders, avec Tardi, Éditions Magnard, coll. « Classiques et Contemporains Bande dessinée », BD n° 15, 2010.

Essais

Écrire en contre, Éditions Paroles d'Aube, 1997.

La Mémoire longue, textes et images, 1986-2008, Éditions du Cherche-Midi, coll. « Voix publiques ».

• Autour du roman policier

Essais

Pierre Boileau et Thomas Narcejac, *Le Roman policier,* « Que sais-je ? », 1975.

Jacques Dubois, *Le Roman policier ou la Modernité,* Éditions Nathan, 1992.

Patricia Highsmith, *L'Art du suspense,* Éditions Calmann-Lévy, 1987.

Franck Évrard, *Lire le roman policier,* Éditions Dunod, 1996.

Yves Reuter, *Le Roman policier,* Éditions Nathan, coll. « 128 », 1987.

Tzvetan Todorov, « Typologie du roman policier », in *Poétique de la prose,* coll. « Points », Éditions Le Seuil, 1971.

Revue

« Le roman policier », NRP n° 1, septembre 1998, Éditions Nathan.

Ressources numériques

« Des lectures partagées pour aborder le polar et le genre noir ». Guide pour les professeurs et fiches élèves 4e. NRP n° 642, mars 2015.

Chroniques

Jean-Patrick Manchette, *Chroniques,* Éditions Rivages, coll. « Rivages Noir », n° 488, 2003.

FILMOGRAPHIE

Le Chien des Baskerville, de Sidney Lanfield, 1939.
Le Mystère de la chambre jaune et *Le Parfum de la dame en noir,* de Marcel L'Herbier, 1930.
Dix Petits Indiens (And then they were none), de René Clair, 1945, première adaptation du roman *Dix Petits Nègres.*
Dr Jekyll et Mr Hyde, de Victor Fleming, 1941.
Les Disparus de Saint-Agil, de Christian-Jaque, 1938.
Le Grand Sommeil, de Howard Hawks, 1946.
Le Nom de la rose, de Jean-Jacques Annaud, 1986.
Le Troisième Homme, de Carol Reed, 1948.

FESTIVALS DE POLAR

Festival du Polar, Cognac.
Festival international du roman noir, Frontignan.
Salon du Polar, Montigny-lès-Cormeilles.
« Quais du Polar », festival international, Lyon.
Festival international des littératures policières, Toulouse.

Classiques & Contemporains

SÉRIE « LES GRANDS CONTEMPORAINS PRÉSENTENT »

D. Daeninckx présente *21 récits policiers*
É.-E. Schmitt présente *13 récits d'enfance et d'adolescence*

Anouilh, *L'Hurluberlu – Pièce grinçante*
Anouilh, *Pièces roses*
Balzac, *La Bourse*
Balzac, *Sarrazine*
Barbara, *L'Assassinat du Pont-Rouge*
Begag, *Salam Ouessant*
Bégaudeau, *Le Problème*
Ben Jelloun, Chedid, Desplechin, Ernaux, *Récits d'enfance*
Benoit, *L'Atlantide*
Boccace, Poe, James, Boyle, etc., *Nouvelles du fléau – Petite chronique de l'épidémie à travers les âges*
Boisset, *Le Grimoire d'Arkandias*
Boisset, *Nicostratos*
Braun (entretien avec Stéphane Guinoiseau), *Personne ne m'aurait cru, alors je me suis tu*
Brontë, *L'Hôtel Stancliffe*
Calvino, *Le Vicomte pourfendu*
Cauvin, *Menteur*
Chaine, *Mémoires d'un rat*
Ciravégna, *Les Tambours de la nuit*
Colette, *Claudine à l'école*
Conan Doyle, *Le Monde perdu*
Conan Doyle, *Trois Aventures de Sherlock Holmes*
Corneille, *Le Menteur*
Corneille, *Médée*
Cossery, *Les Hommes oubliés de Dieu*
Coulon, *Le roi n'a pas sommeil*
Courteline, *La Cruche*
Daeninckx, *Cannibale*
Daeninckx, *Histoire et faux-semblants*
Daeninckx, *L'Espoir en contrebande*
Dahl, Bradbury, Borges, Brown, *Nouvelles à chute 2*
Daudet, *Contes choisis*
Defoe, *Robinson Crusoé*
Diderot, *Supplément au Voyage de Bougainville*
Dorgelès, *Les Croix de bois*
Dostoïevski, *Carnets du sous-sol*
du Maurier, *Les Oiseaux et deux autres nouvelles*
Dubillard, Gripari, Grumberg, Tardieu, *Courtes pièces à lire et à jouer*
Dumas, *La Dame pâle*
Dumas, *Le Bagnard de l'Opéra*
Feydeau, *Dormez, je le veux!*
Fioretto, *Et si c'était niais? – Pastiches contemporains*
Flaubert, *Lettres à Louise Colet*
Gaudé, *Médée Kali*
Gaudé, *Salina*
Gaudé, *Voyages en terres inconnues – Deux récits sidérants*
Gavalda, Buzzati, Cortázar, Bourgeyx, Kassak, Mérigeau, *Nouvelles à chute*
Germain, *Magnus*
Giraudoux, *Ondine*
Higgins Clark, *La Nuit du renard*
Higgins Clark, *Le Billet gagnant et deux autres nouvelles*
Highsmith, Poe, Maupassant, Daudet, *Nouvelles animalières*
Hoffmann, *L'Homme au sable*
Hoffmann, *Mademoiselle de Scudéry*
Huch, *Le Dernier Été*
Hugo, *Claude Gueux*
Hugo, *Théâtre en liberté*
Jacq, *La Fiancée du Nil*
Jarry, *Ubu roi*
Kafka, *La Métamorphose*
Kamanda, *Les Contes du Griot*
King, *Cette impression qui n'a de nom qu'en français et trois autres nouvelles*
King, *La Cadillac de Dolan*
Kipling, *Histoires comme ça*
Klotz, *Killer Kid*
Leblanc, *Arsène Lupin, gentleman-cambrioleur*
Leroux, *Le Mystère de la chambre jaune*
Lewis, *Pourquoi j'ai mangé mon père*
London, *L'Appel de la forêt*
Loti, *Le Roman d'un enfant*
Lowery, *La Cicatrice*
Maran, *Batouala*
Marivaux, *La Colonie* suivi de *L'Île des esclaves*
Maupassant, *Les deux Horla*
Maupassant, *Les Dimanches d'un bourgeois de Paris*
Mérimée, *Tamango*
Molière, *Dom Juan*
Molière, *George Dandin*
Molière, *Le Malade imaginaire*
Molière, *Le Sicilien ou l'Amour peintre*
Musset, *Lorenzaccio*
Némirovsky, *Jézabel*

Nothomb, *Le Sabotage amoureux*
Nothomb, *Métaphysique des tubes*
Nothomb, *Stupeur et Tremblements*
Nothomb, *Barbe bleue*
Olivier Adam, *Je vais bien, ne t'en fais pas*
Pergaud, *La Guerre des boutons*
Perrault, Mme d'Aulnoy, etc., *Contes merveilleux*
Petan, *Le Procès du loup*
Poe, Gautier, Maupassant, Gogol, *Nouvelles fantastiques*
Pons, *Délicieuses frayeurs*
Pouchkine, *La Dame de pique*
Reboux et Muller, *À la manière de... – Pastiches classiques*
Renard, *Huit jours à la campagne*
Renard, *Poil de Carotte* (comédie en un acte), suivi de *La Bigote* (comédie en deux actes)
Reza, *« Art »*
Reza, *Le Dieu du carnage*
Reza, *Trois versions de la vie*
Ribes, *Trois pièces facétieuses*
Rouquette, *Médée*
Sand, *Marianne*
Schmitt, *Crime parfait et Les Mauvaises Lectures – Deux nouvelles à chute*
Schmitt, *L'Enfant de Noé*
Schmitt, *La Nuit de Valognes*
Schmitt, *Le Visiteur*
Schmitt, *Milarepa*
Schmitt, *Monsieur Ibrahim et les fleurs du Coran*
Schmitt, *Oscar et la dame rose*
Schmitt, *Hôtel des deux mondes*
Sévigné, *Diderot, Voltaire, Sand, Lettres choisies*
Signol, *La Grande Île*
Stendhal, *Vanina Vanini*
Stevenson, *Le Cas étrange du Dr Jekyll et de M. Hyde*
t'Serstevens, *Taïa*
Uhlman, *La Lettre de Conrad*
van Cauwelaert, *Cheyenne*
Vargas, *Debout les morts*
Vargas, *L'Homme à l'envers*
Vargas, *L'Homme aux cercles bleus*
Vargas, *Pars vite et reviens tard*
Vercel, *Capitaine Conan*
Vercors, *Le Silence de la mer*
Vercors, *Zoo ou l'assassin philanthrope*
Verne, *Sans dessus dessous*
Voltaire, *L'Ingénu*
Werth, *33 Jours*
Wilde, *Le Crime de Lord Arthur Savile*
Zola, *Thérèse Raquin*
Zweig, *Lettre d'une inconnue*

Recueils et anonymes

90 poèmes classiques et contemporains
Ceci n'est pas un conte et autres contes excentriques du XVIIIe siècle
Ces objets qui nous envahissent : objets cultes, culte des objets (anthologie BTS)
Cette part de rêve que chacun porte en soi (anthologie BTS)
Contes populaires de Palestine
Histoires vraies – Le Fait divers dans la presse du XVIe au XXIe siècle
Initiation à la poésie du Moyen Âge à nos jours
Je me souviens (recueil BTS)
La Dernière Lettre – Paroles de Résistants fusillés en France (1941–1944)
La Farce de Maître Pierre Pathelin
La poésie dans le monde et dans le siècle – Poèmes engagés
La Presse dans tous ses états – Lire les journaux du XVIIe au XXIe siècle
La Résistance en poésie – Des poèmes pour résister
La Résistance en prose – Des mots pour résister
Le Roman de Renart
Les Aventures extraordinaires d'Adèle Blanc-Sec
Les Grands Textes du Moyen Âge et du XVIe siècle
Les Grands Textes fondateurs
Nouvelles francophones

SÉRIE BANDE DESSINÉE (en coédition avec Casterman)

Beuriot et Richelle, *Amours fragiles – Le Dernier Printemps*
Bilal et Christin, *Les Phalanges de l'Ordre noir*
Comès, *Silence*
Ferrandez et Benacquista, *L'Outremangeur*
Ferrandez, *Carnets d'Orient – Le Cimetière des Princesses*
Franquin, *Idées noires*
Manchette et Tardi, *Griffu*
Martin, *Alix – L'Enfant grec*
Pagnol et Ferrandez, *L'Eau des collines – Jean de Florette*
Pratt, *Corto Maltese – Fable de Venise*
Pratt, *Corto Maltese – La Jeunesse de Corto*
Pratt, *Saint-Exupéry – Le Dernier Vol*
Stevenson, *Pratt et Milani, L'Île au trésor*
Tardi et Daeninckx, *Le Der des ders*
Tardi, *Adèle Blanc-sec – Adèle et la Bête*
Tardi, *Adèle Blanc-sec – Le Démon de la Tour Eiffel*
Tardi, *Adieu Brindavoine suivi de La Fleur au fusil*
Tito, *Soledad – La Mémoire blessée*
Tito, *Tendre banlieue – Appel au calme*
Utsumi et Taniguchi, *L'Orme du Caucase*
Wagner et Seiter, *Mysteries – Seule contre la loi*

Couverture
Conception graphique : Marie-Astrid Bailly-Maître et Yannick Le Bourg
Illustration : Antoine Moreau-Dusault
Photographie de Didier Daeninckx : Droits réservés

Intérieur
Conception graphique : Marie-Astrid Bailly-Maître
Édition : Olivia Germande
Réalisation : Nord Compo, Villeneuve-d'Ascq
Photographie de Didier Daeninckx : Droits réservés

www.magnard.fr
www.classiquesetcontemporains.com

IMPRIM'VERT
Votre imprimeur agit pour l'environnement

Achevé d'imprimer en Février 2016
par «La Tipografica Varese Srl»
N° éditeur : 2016-1043
Dépôt légal : juin 2015

Certifié PEFC
Ce produit est issu de forêts gérées durablement et de sources contrôlées
PEFC
PEFC/18-31-264
www.pefc-france.org